Mit Rückenwind

»Ich pack meine Sachen und hab Rückenwind ...«

cc/20

Benedikt Geulen / Marcus Seibert (Hg.)

Mit Rückenwind

Eine literarische Rucksackreise

Tropen

Vielen Dank für Unterstützung und Tips an:
Peter Graf, Ulrike Zeidler, Bodo Grossmann,
Elgin Fischer, Ralf Drost

cc – carbon copy books no. 20

1. Auflage

www.tropen-verlag.de

Weitere Nachweise siehe letzte Seite

Satz: Tropen Studios, Berlin
Gesamtherstellung: Fuldaer Verlagsagentur
Printed in Germany

ISBN 3-932170-70-9

Inhalt

Benedikt Geulen / Marcus Seibert

Abflug

Die Begeisterung für das Reisen beginnt mit der Begeisterung für die Berichte von Reisenden. Die Klassiker des Genres sind als Jugendbücher bekannt: Karl May, Jack London, Jules Verne. Unbestimmtes Fernweh gehört zu jugendlich-romantischen Vorstellungswelten genauso wie unbefangene Neugierde für das Unbekannte oder der Wunsch nach Abenteuer. So ist und bleibt das Lesen für manchen ein bequemer Ersatz fürs Selber-Reisen. Stellvertretend setzen sich andere Gefahren aus, auch wenn sich herausstellt, daß nicht jeder Autor tatsächlich im »wilden Kurdistan« war oder die Prärie Nordamerikas durchritten hat. Die Erinnerung an das abenteuerliche Gefühl der Lektüre bleibt. Und manchen bringt sie dazu, den Rucksack zu packen und selber aufzubrechen.

Reisen als Zivilisationsphänomen kommt im modern-individuellen Sinne des Wortes erst im Zuge der Industrialisierung auf. Reisen ist dabei nicht gleich Reisen. Zu unterschiedlich sind die Unternehmungen in ihrer jeweiligen Durchführung, als auch im Selbstverständnis der Akteure. Gentleman-Reisende wie Alexis de Tocqueville, Fürst Pückler-Muskau oder Forschungsreisende wie Alexander von Humboldt wollten in kolonialem Gestus bzw. mit wissenschaftlichem Impetus ihre Zeitgenossen über die Eigenheiten ferner Gegenden und fremder Kulturen informieren. Bildungsreisende wie Lord Byron untermauerten mit Fahrten nach Griechenland und Italien ihr historisches Wissen.

Spätestens mit Johann Gottfried Seumes *Spaziergang nach Syrakus* (1802), etabliert sich eine neue Reisekultur derer, die sich ohne Schrankkoffer und Lastenträger auf den Weg machen, sich ohne unnötigen zivilisatorischen Ballast in die Welt hinaustreiben lassen. Sie sind die ersten rucksackreisenden Drifter, meist zu Fuß und ohne Geld unterwegs. Reisen wollen um jeden Preis, so die Devise der fahrenden Gesellen, Vagabunden, Landstreicher, modernen Nomaden und Erlebnisreisenden in eigener Sache, deren Weg in einigen Fällen bereits das Ziel ist. Für sie ist Reisen eine Lebensaufgabe, bzw. die einzig brauchbare Alternative zum tristen Dasein des Seßhaften.

Literarisch wird das individuelle, sich selbst genügende Reisen in der Romantik programmatisch. Wanderjahre werden als Lehrjahre beschrieben, Fußmärsche als Wege der Selbsterfahrung. Wenn diese Autoren auch keine Reisestorys im heutigen Sinne schrieben, so ist die Vielzahl der Fernwehmotive erstaunlich. Mit und ohne Siebenmeilenstiefel begeben sich Franz Sternbald, Anton Reiser, Peter Schlemihl und andere überzeugte Bummler und Taugenichtse auf ebenso abenteuerliche wie ungewöhnliche Fahrten, um das Besondere hautnah zu erleben. In der zweiten Hälfte des 19. Jahrhunderts erreichen weitgereiste Autoren wie Friedrich Gerstäcker mit ihren Reisebeschreibungen Bestsellerauflagen.

Noch im 19. Jahrhundert wird das Reisen durch die Dampfschifffahrt schlagartig einfacher. Die Kontinente rücken zusammen, die weißen Flecken auf der Landkarte verschwinden. Unter den Glückssuchenden, die Oneway-Tickets in ferne Länder lösen, befinden sich auch Schriftsteller wie etwa Knut Hamsun. Für ihn wird das Vagabundieren zum Sinnbild seiner schriftstellerischen Existenz.

1926 veröffentlicht Jack Black, ein auf nordamerikanischen Frachtzügen umherschweifender Hobo, seine Autobiographie. *You Can't Win* wird das Lieblingsbuch von William Burroughs, aus dem er auswendig zitiert. Für ihn ist der Außenseiter, Herumtreiber, Dieb und Autor Black ein direkter Nachfahre des großen Dichter-Vagabunden François Villon. Sich treiben zu lassen bedeutet für die Autoren der Beat-Generation mehr als nur aus den gewohnten Zusammenhängen auszusteigen. Jack Kerouacs *On the Road* (1957) gilt als der Schlüsseltext dieser Ära. Unterwegssein wird hier als Möglichkeit der Persönlichkeitsentfaltung jenseits gesellschaftlicher Konventionen, gleichzeitig als moderne Lebensform schlechthin beschrieben. Den Texten von Black und Kerouac sind jüngere Autoren wie z. B. Eddy Joe Cotton in vieler Hinsicht verpflichtet.

Im Reisejournalismus wird die Berufung zum Beruf, Reiseschriftstellerei professionalisiert sich, indem die Beschreibung der einen Reise zur Geldquelle der nächsten wird. Auch hier finden sich Individualisten, die, wie Nigel Barley, aus ethnologischem Interesse oder aus Abscheu vor ausgetretenen Pfaden mit wenig Gepäck und hohem Risiko unterwegs sind. Das gilt auch für Helge Timmerberg, dessen Faible für riskantes Reisen seinen zahlreichen Berichten zu entnehmen ist, und für eine Vielzahl journalistischer Fußgänger, die in den letzten Jahren recherchierend und Notizen sammelnd in die Welt hinein gezogen sind. Nicht nur für Michael Holzach und Hund Feldmann, sondern auch für Tony Hawks und Andreas Altmann beginnt das Abenteuer, das es schreibend zu erleben gilt, direkt vor der eigenen Haustür.

In den Texten dieser dichtenden Pilger einer neuen Einfachheit sind Ressentiments gegenüber der durch sinkende Flugpreise gestiegenen Mobilität spürbar. Das Bereisen ferner Länder ist längst kein Privileg der Wohlhabenden mehr. Allerdings liegen zwischen dem Selbstverständnis des Rucksackreisenden und dem des Pauschalurlaubers auch heute noch Welten, selbst wenn sie das gleiche Reiseziel ansteuern. Und mancher Backpacker gibt für die Ausstattung seines Trips mehr aus als die Durchschnittsfamilie für 14 Tage Djerba.

Mit dem Boom der Alternativreisen hat sich in den letzten 20 Jahren eine eigene Infrastruktur der Backpacker-Szene entwickelt. Spezielle Reiseführer-Verlage wie Lonely Planet, aus deren Programm der skurrile Reisebericht von Suzanne Possehl stammt, bereiten in ihren Führern auf die möglichen Tücken einer Erlebnisreise vor. Es gibt Globetrotter-Shops, Internet-Foren, Zeitschriften und Backpacker-Hostel-Ketten. Outdoor-Kleidung ist zur städtischen Indoor-Mode geworden, »Alternatives Reisen« ein florierender Industriezweig. In Australien, dem Heimatland des für jeden »echten« Rucksackreisenden so faszinierenden Outbacks, wurde 2001 sogar die Backpacker-Soap *Crash Palace* gedreht, die in den USA und Großbritannien erfolgreich lief.

Der Backpacker hat den Drifter abgelöst. Der Rucksack ist zum Emblem eines globalen Marktsegments geworden. Wohldosierte Grenzerfahrung schmückt die Bewerbungsunterlagen des Berufseinsteigers ebenso wie die Biografie des erfolgreichen Jungunternehmers. Und Berichte desaströs verlaufener Backpack-Trips aus aller Welt taugen allemal als lässige Partyanekdoten, egal ob man mit vollem Risiko oder mit Papas Kreditkarte unterwegs war. Die Netzwerke der Anlaufstellen haben eine neue Sicherheit des Extremreisens geschaffen, Abenteuer werden mit Rundumversorgung von spezialisierten Reiseveranstaltern angeboten. Dadurch hat sich für den naturfernen Städter, der seelenruhig bei rot über die Ampel einer vierspurigen Straße geht, die Grenzerfahrung im Outback verschoben. Bill Bryson schildert vor diesem Hintergrund sarkastisch eines der Schlüsselerlebnisse modernen Rucksackreisens: nachts in unbekannter Umgebung wird selbst ein Reh oder ein schnaufender Igel zum wilden Ungeheuer.

Mit dem Backpacker-Boom hat sich auch die Reflexion über das eigene Reisen verändert. Schwärmten die Drifter der Hippiegeneration von der totalen Freiheit, die der Verzicht auf festen Wohnsitz und materielle Güter mit sich brachte, stoßen die Backpacker von heute zwischen Goa und Mexiko immer wieder auf Existenzen, die an dieser Freiheit auf die ein oder andere Weise gescheitert sind oder inzwischen ein Geschäft daraus gemacht haben. Die Welt ist durch die gestiegene Mobilität kleiner geworden, die Texte der Backpacker ironischer, ihr Blick schärfer. Auch wenn sie mit einer ähnlich romantischen Grundidee aufbrechen, glauben sie nicht mehr an die Möglichkeit des unmittelbaren Kontakts mit der Wildnis und deren Bewohnern. William Sutcliffe und Alex Garland schreiben mit dieser Mischung aus Faszination und Skepsis. Alles könnte ganz anders sein, als es uns begegnet, so ihr Eindruck. Viele Backpacker ziehen heute daraus die Konsequenz und suchen nach dem »Come together« der globalen Party-Kultur, die Hanoi und Berlin auf einer eigenen Landkarte miteinander verbindet. Marie Pohl beginnt als 20jährige ihre Weltreise bezeichnenderweise nicht auf der Suche nach unberührten Gegenden, Naturerlebnissen oder den letzten Nomaden, sondern mit der Intention, auf ihrem Trip den interessantesten Zeitgenossen zu begegnen.

Jede Reisebeschreibung geht auf Distanz zu der Reise, die sie beschreibt. In der Rückschau sind dabei selbstironische Darstellung der eigenen Irrtümer genauso möglich wie die Überhöhung des Erlebten. Immer wird jedoch versucht, die durchmessenen Gebiete literarisch neu zu kartografieren. Bruce Chatwin schildert eindrucksvoll, wie die Aborigines die Landkarte Australiens in ihren Liedern festhalten und bei ihren »Walkabouts« den Kontinent ganz bestimmten »Songlines« folgend durchqueren. In unserem Kulturkreis werden »Traumpfade« nicht mehr gesungen. Aber auch wir machen uns ein Bild der zugänglichen Welt weniger aus eigenen Erfahrungen als aus Reiseberichten. Manchen Lesern wird die Lektüre dieser literarischen Landkarten das Reisen ersetzen, andere werden das Buch im Rucksack mitnehmen, um hinterher mit eigenen Geschichten die literarische Karte der bereisten Länder auf den neuesten Stand zu bringen.

Mit Rückenwind

Ein paar regnichte Tage förderten mich leicht auf den Weg, aber auf Kosten meiner Stiefel, deren Sohlen für den Grafen Peter und nicht für den Fußknecht berechnet worden. Ich ging schon auf den bloßen Füßen. Ich mußte ein Paar neue Stiefel anschaffen. Am nächsten Morgen besorgte ich dieses Geschäft mit vielem Ernst in einem Flecken, wo Kirmes war, und wo in einer Bude alte und neue Stiefel zum Kauf standen. Ich wählte und handelte lange. Ich mußte auf ein Paar neue, die ich gern gehabt hätte, Verzicht leisten; mich schreckte die unbillige Forderung. Ich begnügte mich also mit alten, die noch gut und stark waren, und die mir der schöne blondlockige Knabe, der die Bude hielt, gegen gleich bare Bezahlung freundlich lächelnd einhändigte, indem er mir Glück auf den Weg wünschte. Ich zog sie gleich an und ging zum nördlich gelegenen Tor aus dem Ort. Ich war in meinen Gedanken sehr vertieft und sah kaum, wo ich den Fuß hinsetzte, denn ich dachte an das Bergwerk, wo ich auf den Abend noch anzulangen hoffte, und wo ich nicht recht wußte, wie ich mich ankündigen sollte. Ich war noch keine zweihundert Schritte gegangen, als ich bemerkte, daß ich aus dem Wege gekommen war; ich sah mich danach um, ich befand mich in einem wüsten, uralten Tannenwalde, woran die Axt nie gelegt worden zu sein schien. Ich drang noch einige Schritte vor, ich sah mich mitten unter öden Felsen, die nur mit Moos und Steinbrecharten bewachsen waren, und zwischen welchen Schnee- und Eisfelder lagen. Die Luft war sehr kalt, ich sah mich um, der Wald war hinter mir verschwunden. Ich machte noch einige Schritte – um mich herrschte die Stille des Todes, unabsehbar dehnte sich das Eis, worauf ich stand und worauf ein dichter Nebel schwer ruhte; die Sonne stand blutig am Rande des Horizontes. Die Kälte war unerträglich. Ich wußte nicht, wie mir geschehen war, der erstarrende Frost zwang mich, meine Schritte zu beschleunigen, ich vernahm nur das Gebrause ferner Gewässer, ein Schritt, und ich war am Eisufer eines Ozeans. Unzählbare Herden von Seehunden stürzten sich vor mir rauschend in die Flut. Ich folgte diesem Ufer, ich sah wieder nackte Felsen, Land, Birken- und Tannenwälder, ich lief noch ein paar Minuten gerade vor mir hin. Es war erstickend heiß, ich sah mich um, ich stand zwischen schön gebauten Reisfeldern unter Maulbeerbäumen. Ich setzte mich in deren Schatten, ich sah nach meiner Uhr, ich hatte vor nicht einer Viertelstunde den Marktflecken verlassen – ich glaubte zu träumen, ich biß mich in die Zunge, um mich zu erwecken; aber ich wachte wirklich. – Ich schloß die Augen zu, um meine Gedanken zusammenzufassen. – Ich hörte vor mir seltsame Silben durch die Nase zählen; ich blickte auf: zwei Chinesen, an der asiatischen Gesichtsfarbe unverkennbar, wenn ich auch ihrer Kleidung keinen Glauben beimessen wollte, redeten mich mit landesüblichen Begrüßungen in ihrer Sprache an; ich stand auf und trat zwei Schritte zurück. Ich sah sie nicht mehr, die Landschaft war ganz verändert: Bäume, Wälder statt der Reisfelder. Ich betrachtete die Bäume und Kräuter, die um mich blühten; die ich kannte, waren südöstlich asiatische Gewächse; ich wollte auf den einen Baum zugehen, ein Schritt – und wiederum alles verändert. Ich trat nun an, wie ein Rekrut, der geübt wird, und schritt langsam, gesetzt einher. Wunderbare veränderliche Länder, Fluren, Auen, Gebirge, Steppen, Sandwüsten entrollten sich vor meinem staunenden Blick; es war kein Zweifel, ich hatte Siebenmeilenstiefel an den Füßen.

UNITED
5
1809
SERIES

Jack Black

Du hast keine Chance

Während wir zu unserer Pension zurückgingen, erzählte ich meinem Vater die ganze Geschichte von meinem Job im Zigarrenladen, vom Geldeintreiben für den Milchmann, meiner Verhaftung und wie wir Julia gerettet hatten. Er hörte zu, ohne mich zu unterbrechen, und als ich fertig war, sagte er: »Nun, du bist eben, wie du bist, John, und ich kann dir nicht helfen, werde dir aber auch nicht im Weg stehen. Wenn du willst, geh einfach morgen früh zurück zu deiner Arbeit.«

Das waren seine letzten Worte an mich. Sie waren wohlwollend und sind mir mit ihrem schicksalhaften Klang immer in Erinnerung geblieben. Ich habe ihn nie wiedergesehen. Später erfuhr ich, daß er bis zu seinem Tode ein anständiges Leben geführt hatte und in Frieden gestorben war. Er ging am nächsten Tag weg, und als er zurückkam, war ich schon weit, weit fort in Richtung Westen, auf der Suche nach dem Abenteuer.

Ich war Tex und seiner Horde überdrüssig geworden, ihres verqualmten Hinterzimmers und ihrer billigen Betrügereien. Ich ertrug den Anblick der mürrischen Witwe in der Pension nicht mehr. Es war Frühling. Bei Sonnenuntergang war ich auf einer Landstraße bereits meilenweit westwärts gelaufen. Ja, ich war auf dem richtigen Weg. Dort, weit vor mir, ging die Sonne unter. Die Dunkelheit brach herein, aber ich empfand es nicht als ungewöhnlich, daß ich kein Abendessen und kein Zimmer für die Nacht hatte.

 Aus dem Amerikanischen von Kirsten Köhler

Ich kam an eine Brücke und hielt an, als ich von unten Stimmen hörte. Ich beugte mich hinunter und eine der Stimmen rief: »Komm runter, Junge! Und mach dir nicht in die Hose, wir sind bloß zwei harmlose Tippelbrüder.«

Ich bahnte mir vorsichtig den Weg zu dem Platz neben dem Bächlein, wo sie lagerten. Der eine entrollte gerade ein Bündel Decken, der andere war dabei, eine große Blechbüchse im Bach auszuwaschen.

»Beweg dich mal, Junge, und schaff'n bißchen Holz ran bevors zu dunkel wird. Wir woll'n Feuer machen und nen Pott Kaffee kochen.«

Holz gab es im Überfluß. Schnell war ich mit einem Armvoll zurück. Der zweite Tramp kam mit der Büchse vom Bach herauf und brach kleine Zweige ab, um das Feuer in Gang zu bringen. Er sah mich kaum an. »Guck dich mal im Dickicht um, ob du ne Pfanne findest«, sagte er nur.

»Wozu brauchste denn ne Pfanne, Mann?« fragte der Typ, der mich Holzholen geschickt hatte. »Willste etwa Wasser braten?« Der andere blies gerade auf allen vieren das schwache Feuer an. Er stand auf und sah den anderen herablassend an. »Immer mit der Ruhe, Bruder, immer mit der Ruhe. Ich hab nen Gockel in meinem Bündel.«

Er rollte seine Decken aus und förderte ein lebendes Huhn zu Tage, groß und fett.

Der andere Tramp stutzte. »Ein Gockel«, brummte er, »und ich schlepp schon seit ner Woche ne Bratpfanne mit mir rum.« Er langte tief in sein Bündel und holte die Pfanne hervor.

Der Besitzer des Huhnes nahm die Pfanne und hielt sie vor das Feuer, um sie auf Löcher zu untersuchen. »Die wird's tun«, sagte er. »Mehr Holz, Junge!« kommandierten beide.

Wir waren drei Fremde, die unter einer Brücke zusammengefunden hatten; einer hatte ein Huhn, der andere Kaffee und einen alten Brotlaib. Ich hatte flinke Beine und sammelte Feuerholz.

Der Gockel war gerupft, ausgenommen, zerteilt und so sorgfältig und behend in die Pfanne gelegt worden, daß es jedem Chefkoch zur Ehre gereicht hätte. Aus der Blechbüchse duftete der heiße Kaffee. Der mit dem alten Brot schnitt es mit seinem scharfen Taschenmesser in drei gleich große Stücke, während der Hühnermann die Teile des Vogels geschickt mit einem gespitzten Stock wendete.

»Das Gebüsch hier gibt nichts her«, sagte er, »keine Büchsen. Beweg dich, Junge, und besorg uns Büchsen für'n Kaffee.«

Ich hastete los und hatte Glück, im Dunkeln eine kleine Blechdose zu finden. Der Koch begutachtete sie. »Geh runter und wasch sie, bring sie halbvoll mit Wasser zurück, und ich koch sie aus.«

Ich wusch die Dose und brachte sie ihm. Huhn und Kaffee waren fertig und kühlten neben dem Feuer ab. Der Koch kochte die kleine Büchse aus und schenkte Kaffee ein. Er hielt dem anderen Tramp die Pfanne mit dem Huhn hin, dann mir, und zuletzt nahm er sich selbst ein Stück. Die kleine Büchse mit Kaffee war jetzt kühl genug zum Trinken und wurde in der gleichen Reihenfolge herumgereicht. Der erste Tramp nahm mehrere Schlucke und gab sie mir. Ohne etwas zu trinken reichte ich sie weiter an den Koch. Zum ersten Mal sah er mich direkt an.

»Hör mal, Kleiner. Wenn wir dich für'n Schwachkopf halten würden, hätten wir dich nicht hier runter eingeladen. Nur weil du nicht genug Büchsen finden konntest, brauchste nicht zu glauben, du hättest kein Recht auf deinen Kaffee.«

»Ganz richtig, Jack«, sagte der Typ, der den Kaffee beigesteuert hatte. »Trink schon, Junge.«

Ich trank von dem Kaffee und gab die Dose weiter. Wir aßen schweigend. Huhn und Brot waren rasch vertilgt. Meine Begleiter zündeten sich ihre Pfeifen an und rauchten, während wir den Kaffee austranken.

Ich lernte schnell. Unaufgefordert nahm ich die Pfanne, füllte sie mit Wasser und stellte sie aufs Feuer. Als das Wasser kochte, wusch ich sie im Bach, rieb sie mit Sand aus und brachte sie ihrem Besitzer zurück.

»Woher kommst du, Junge?«

»Aus der Stadt«, antwortete ich.

»Wie lange biste schon auf der Straße?«

»Das ist mein erster Tag.«

»Und deine Leute?«

»Sie sind alle gestorben.«

»Und wo willste hin?«

»Ach, nur nach Westen, egal wohin, überallhin.«

»Haste denn Pennies?«

»Keine Pennies, aber ich hab ein paar Dollar dabei.« Ich sah von einem zum anderen. »Wollt ihr was davon?«

»Nein«, sagten beide. »Aber wenn wir in der Stadt wär'n«, meinte der Koch, »würd ich ganz fix fünfzig Cent davon nehmen und mir nen kleinen Micky hol'n.«

»Einen was?« fragte ich verwirrt.

»Nen kleinen Micky, eine Fünfzig-Cent-Flasche Schnaps – Dr. Hall, White Line«, übersetzte er kopfschüttelnd. »Wenn du in den Westen willst, solltest du lieber lernen, wie man im Westen redet.«

»Genau«, sagte der andere, »und ›Pennies‹ heißt nicht Pennies. Auf der Straße bedeutet es einfach Geld.«

Die beiden sprachen nicht viel miteinander; wahrscheinlich hatten sie sich gerade ausgetauscht, bevor ich zur Brücke gekommen war. Sie waren beide über fünfzig, trugen saubere Latzhosen, grobes Schuhwerk und Arbeiterhemden, die zumindest sauber aussahen. Einen Monat später hätte ich sie bereits korrekt als professionelle Tramps einordnen können, zu alt, um noch auf Zügen zu fahren, zufrieden damit, sich auf den »Star Routes« oder Country Roads, wo man immer etwas zu essen abbekam, herumzutreiben und in ihren Bündeln oder Decken unterm Sternenhimmel zu schlafen.

Es war Zeit, sich aufs Ohr zu hauen. Sie zogen ihre Schuhe und Mäntel aus. Die Schuhe wurden auf einem ebenen Fleckchen ordentlich nebeneinandergestellt, der Mantel wurde gefaltet und draufgelegt, um ein einigermaßen bequemes Kissen zu schaffen und sie gleichzeitig vor Diebstahl zu schützen. Beide warfen mir eine ihrer Decken zu. Ich formte mir aus Schuhen und Mantel ein Kissen, rollte mich unter den Decken zusammen und war bald darauf eingeschlafen.

Bei Tagesanbruch wurden wir von Farmarbeitern, die die Brücke überquerten, geweckt. Sofort sprang ich auf und machte, unterkühlt und steif vom harten Boden, ein Feuer. Die beiden anderen krochen aus ihren Decken und gingen hinunter zum Bach, um sich zu waschen. Ich folgte ihnen. Beide hatten in Papier gewickelte Seife dabei. Einer reichte mir sein Stück. Ich wusch mich und gab es ihm zurück. Er legte es zum Trocknen auf einen Stein, dann wickelte er es wieder ein und steckte es in seine Manteltasche. Sie besaßen auch Taschenkämme und kleine runde Spiegel.

Wir gingen zurück zum Feuer und besprachen das Frühstück. »Nur Kaffee da,« sagte der Kaffeebesitzer.

»Ich geh zum Farmhaus und kaufe was«, erklärte ich mich bereit.

»Nix da!« sagte der eine. »Kauf nichts«, sagte der andere. »Jungs wie du machen es uns schwer, mit dem Gekaufe. Sie erwarten schon fast, daß man was zahlt. Geh da hoch«, er zeigte zu einem Haus auf einer kleinen Anhöhe, etwa fünfzehn Minuten Fußmarsch entfernt, »und erzähl der Frau, daß du mit zwei anderen Kindern vor drei Tagen aus der Stadt abgehauen bist und ihr seitdem nichts zu essen hattet, außer nem Kohlkopf, der vom Pferdekarren gefallen ist. Sag ihr, daß ihr aufm Heimweg seid und die anderen beiden unten bei der Brücke sind und so nen Hunger haben, daß sie nicht laufen können. Wenn du da hoch gehst, denk dir nen falschen Namen und ne Straßennummer aus, falls sie was fragt. Wenn du Glück hast, läd sie dich ein, drinnen zu essen, aber bring uns nen Happen mit. Du bist ein anständig aussehender Bursche, kann sein, daß sie sich aufregt, über eure Schwierigkeiten, und ne Menge dummer Fragen stellt. Unterbrich sie, sag ihr, daß du dich schämst, dazusitzen und Zeit zu vertrödeln, während die anderen Jungs unter der Brücke am Verhungern sind.«

Als ich auf das Haus zukam, schossen einige wütend bellende Hunde hervor. Eine dralle, matronenhafte Frau trat heraus, beruhigte sie und sah mich forschend an. Ich erzählte ihr, daß ich und zwei Freunde, Ausreißer, hungrig seien und ich etwas zu essen haben wolle; daß ich gern für alles, was sie entbehren konnte, zahlen würde, und wenn sie es einpackte, könnte ich schnell damit zur Brücke zurückeilen, wo meine Kumpels warteten.

»Na, dann komm rein«, sagte sie gütig. »Ich habe nicht viel da, aber mal sehen, vielleicht kann ich genug auftreiben.« Sie ließ mich auf einem Stuhl neben der Küchentür warten, und ich freundete mich derweil mit den Hunden an. Kurz darauf kam sie mit einem großen Päckchen heraus und wollte kein Geld von mir annehmen. Ich dankte ihr und ging mit meinem Bündel zurück zur Brücke.

Die Tramps hatten schon Kaffee gekocht. Wir fanden genug Blechbüchsen zum Trinken und öffneten das Päckchen. Darin war kaltes gebratenes Huhn, Gebäck und ein halber Kuchen.

»Du bist ein guter Schnorrer, Junge. Sicher, daß du nix dafür bezahlt hast?« fragte einer von ihnen.

»Nein, und ich mußte auch keine Fragen beantworten. Es war ganz leicht, bis auf die Hunde.«

»Hab keine Angst vor Hunden, Junge, das sind Feiglinge. Ich muß es wissen, hab mich ja zwanzig Jahre mit ihnen rumgeschlagen. Wenn du dich umdrehst oder wegrennst, beißen sie dich oder werfen dich im Rudel zu Boden. Bedroht dich ein scharfer Hund, stürz auf ihn zu, dann wird er kleinlaut. Ich wurde noch nie gebissen, bis auf einmal in Pueblo. Das war als ich mich mal fürn halbes Jahr nicht in Denver blicken lassen konnte und runter nach Pueblo bin, um ne Runde auf taubstumm mit Lavendel zu machen. Hab mir nen Strauß Lavendel und ne Eintrittskarte besorgt.«

Der andere Tramp lachte, den Mund voller Huhn. »Du sprichst indianisch mit dem Jungen. Wie soll er wissen, was taubstumm mit Lavendel heißt und was es mit der Eintrittskarte auf sich hat?«

»Stimmt«, sagte ich, »ich habe keinen Schimmer, wovon er redet.« Obwohl ich ganz versessen darauf war, zu lernen, traute ich mich nicht nachzufragen.

»Also, das ist so«, fuhr er fort. »Hab auf taubstumm gemacht, verstehste? Nen tauben und stummen Mann gespielt. Was Lavendel ist, weißt du ja sicher – das Zeug, das Frauen auf die Kleider tun. Du packst was davon in nen kleinen Umschlag. Bevor du losziehst, machst du dir ne Tasche von den Umschlägen fertig. Dann besorgst du dir deine Eintrittskarte, klar? Das ist das wichtigste. Ein Barmann hat sie für mich geschrieben, hinten auf die Visitenkarte von nem Anwalt. Wenn die Frau die Tür aufmacht, gibst du ihr die Karte und sie liest:

›Ich bin taubstumm. Ich wurde von einer Straßenbahn angefahren und komme gerade aus dem County-Krankenhaus. Ich versuche sieben Dollar zusammenzubekommen, um meine Heimfahrkarte nach Cheyenne zahlen zu können. Nehmen Sie bitte ein Päckchen Lavendel und geben sie, soviel sie können.‹ Manchmal nehmen sie deinen Lavendel und manchmal nicht, aber normalerweise lassen sie was springen, und sie können dich nicht viel fragen. Und wenn dich ein Bulle erwischt, kann er dir nichts. Du bettelst ja nicht richtig.

Was ich über Hunde sagen wollte. Ich klapperte die Häuser der Reichen ab, verstehste? Privatbesitz. Einmal hatte mir ne Frau gerade nen Dime zugesteckt und stand noch vor der Tür, um sicherzugehen, daß ich vom Grundstück verschwinde. Ich bin schon halb beim Tor, da hör ich nen Hund knurren und hinter mir herrennen. Ich bin taubstumm, verstehste, und will mich nicht zu dem verdammten Hund umdrehen und von der Frau entlarvt werden, also denk ich mir, sie wird ihn schon zurückpfeifen. Das nächste, was ich weiß, ist, daß er mirs halbe Hosenbein zerfetzt und ein Stück meiner Wade rausgerissen hat. Trotzdem hab ich ihn unters Haus gejagt. Die Frau hat mich mit reingenommen und mich mit Arnika und nem Verband verarztet. Dann hat sie mir nen guten Anzug von ihrem Alten und zwei Dollar gegeben und den Hund festgehalten, bis ich zum Tor raus war. Soviel zu Hunden«, kam er zum Ende, »und zu Frauen.«

Mir kam eine Frage in den Sinn, aber der andere Tramp stellte sie für mich. »Was tuste, wenn du gerade auf taubstumm machst und nen echten Taubstummen triffst?«

»Tja, ich hab noch nie einen getroffen«, sagte der Hundeexperte, »aber wenn, dann würd ich wohl tun, was jeder tut, wenn er betrügt und auffliegt. Ich wär verdammt sauer und würd ihn zum Teufel wünschen.«

Nach dem Frühstück rasierten sich die Tramps. Beide besaßen Rasierklingen. Alle Tramps haben Rasierklingen dabei: zum Rasieren, zum Kämpfen oder um einem Schlafenden die Kleidung aufzuschlitzen und seine Taschen zu filzen. Der eine hatte ein großes Seidentaschentuch, an dem er die Rasierklinge abzog, der andere benutzte dazu seinen Gürtel. Sie erwärmten Wasser in einer Büchse, seiften sich die Hände ein und schrubbten sich das Gesicht. Der eine benutzte einen Spiegel. Als sie fertig waren, trockneten sie die Klingen sorgfältig und verstauten sie dicht am Körper. Die Decken wurden zusammengerollt, und die Tramps waren bereit weiterzuziehen. Der Taubstumme wollte für ein paar Tage in die Stadt. »Bis dann.« Er kletterte die Böschung zur Straße hinauf.

Der andere ging in meine Richtung und erklärte sich bereit, mich bis zu einem Eisenbahnknotenpunkt zu bringen, von wo aus ich einen Zug nach Westen nehmen konnte.

»Du kannst auch gern mit mir kommen, Junge, wenn du Lust hast, ein oder zwei Monate zu kampieren«, sagte mein Begleiter. »Das Obst ist bald reif, es wird grünen Mais und neue Kartoffeln geben und auch die Hühner sind schon fett. Das riecht nach ein paar köstlichen Eintöpfen!«

Die meisten Jungs hätten sich diese Gelegenheit wohl nicht entgehen lassen, aber ich lehnte ab. Vielleicht war es meine Abneigung gegen das Betteln, meine Sehnsucht oder meine Phantasie, die mich westwärts zog.

Ich weiß es nicht; jedenfalls war es nicht wegen des harten Lebens, da bin ich mir sicher. Am Knotenpunkt trennten wir uns.

»Bis dann, Junge. Vielleicht sehn wir uns im Herbst im Westen, wenn ich die Balsamroute mach.«

»Was ist das?« fragte ich.

»Das ist der Süden Utahs, Junge, das Land, wo Milch und Honig fließen. Du bekommst überall ne Schale Milch und nen frischen Laib hausgemachtes Brot – die Balsamroute, verstehste? Bis dann.«

Als ich zu den Bahnhofsbaracken kam, fuhr gerade ein langer schwerer Güterzug Richtung Westen ab. Ein halbbeladener Waggon mit frisch gehobeltem Holz kam vorbei, die Tür einladend offen. Kurzerhand sprang ich auf und kletterte hinein.

In dem Waggon sah ich mich nach einem geeigneten Versteck um. Das Holz war etwa sechs Fuß kürzer als der Waggon, so daß am Ende eine große Lücke blieb. Ich schlüpfte hinein, zog meinen Mantel aus, machte es mir auf dem Boden gemütlich und war mir einer langen Reise gewiß. Kein Bremser würde über diesen Holzstapel kriechen, selbst wenn er wußte, daß sich am Ende ein Schlupfwinkel befand.

Später am Nachmittag, nach einer der vielen Stationen, hörte ich ein Krabbeln über mir, und ein junger Kerl in meinem Alter ließ sich leichtfüßig neben mir herunter. Ich war schon so lange in dem Waggon, daß das Halbdunkel ausreichte. Ich sah, daß er zerlumpt und furchtbar schmutzig war, Straßenschmutz – Kohlenstaub, Schlacke, Asche, Öl. Sein Mantel, zu groß für die dünne Gestalt, war voller Löcher und das Futter hing in Fetzen herunter. Die Hose war schmierig und von Brandlöchern übersät. Das Baumwollhemd stand offen, seine Haut war dreckig. Er hatte einen durchdringenden Blick und ein schmales Gesicht. Er sah mich herausfordernd an.

»Wie lang biste schon hier?«

»Den ganzen Tag.«

»Wo willste hin?«

»Denver.«

»Haste was zu rauchen?«

Er zog eine verdreckte Zeitung aus seiner Gesäßtasche, riß sie am Rand behutsam ein, dann in Faserrichtung nach unten, bis er ein Stück von der Größe eines Zigarettenblättchens hatte. Er wühlte in seiner Manteltasche und kramte einen Zigarettenstummel hervor, den er in den Händen zerbröselte, um dann den Tabak in das Papier, das er mit dem Mund festgehalten hatte, einzurollen. »Haste Streichhölzer?«

Er sah mich verächtlich an, zog eins von seinen eigenen hervor und zündete es an. Seine Zigarette roch widerlich. Dann zog er sich die Schuhe aus. Einer war mit schmutzigem weißen Band zusammengeschnürt. Er trug keine Socken, seine Füße waren schwarz und stanken. Als nächstes streifte er den Mantel ab; er baute ein Kissen aus Mantel und Schuhen und streckte sich auf dem Boden aus.

»Riecht der Bremser nicht den Rauch?«

»Ach, geht doch alle zum Teufel.« Mehr sprach er nicht, rauchte nur zu Ende, brachte sein Kissen in Form und legte sich schlafen. Auch ich rollte meinen Mantel zu einem Kissen zusammen und döste. Aus Angst er könne sie stehlen, ließ ich die Schuhe lieber an.

Am Abend wurde ich durch etwas geweckt. Ich glaube, es war das Holz, das ins Rutschen geriet. Der Zug fuhr bergab und der Waggon knarrte und holperte. Wir befanden uns im vorderen Teil. Plötzlich sprang mein Begleiter auf. Er sah verängstigt aus und versuchte am Holz hinaufzuklettern. Aber es war zu spät. Es gab ein knirschendes Geräusch und dann krachte es. Die obere

Hälfte der Holzladung, etwa vier Fuß, rutschte gegen die vordere Waggonwand und er wurde davon zermalmt. Ich war unten gefangen, aber unverletzt. Durch das Verrutschen des Holzes fiel kein Licht mehr durch die offene Seitentür, aber das auf die Vorderwand drückende Gewicht öffnete einige Ritzen, und so konnte ich im Halbdunkel um mich herum schnell etwas ausmachen. Der Junge mußte auf der Stelle tot gewesen sein. Sein Körper war von der Hüfte an aufwärts zwischen Holz und Waggonende eingequetscht. Seine Beine hingen herunter und baumelten bei jeder Bewegung des Waggons über meinem Gefängnis wie die Beine einer Vogelscheuche im Wind.

Ich kann mich nicht erinnern, besonders entsetzt oder verängstigt gewesen zu sein, aber ich weiß, daß ich, sobald ich mir meiner Situation in dem Waggon bewußt wurde, Hunger bekam. Ich hatte seit dem Morgen nichts mehr gegessen und war schon vor dem Unglück hungrig gewesen. Aber da hatte ich ja auch an jeder Station aussteigen und etwas essen können. Nun konnte ich das nicht mehr und mein Hunger wurde unerträglich.

Mein Versteck war genauso groß wie zuvor, außer in der Höhe. Nachdem sich das Holz verschoben hatte, war sie auf drei Fuß geschrumpft. Ich konnte nicht aufstehen. Aber ich befand mich nicht in Gefahr. Am Boden konnte das Holz nicht verrutschen, dazu lastete das Gewicht darüber zu schwer. Ich hatte ein stabiles Taschenmesser dabei und machte mich an der Seitenwand zu schaffen. Die Bretterwand war dünn, verwittert und morsch. Ein paar Stunden später hatte ich drei Bretter fast durchsägt. Meine Hände waren voller Blasen. Ich setzte mich hin und wartete auf das Signal, das eine Stadt ankündigte.

Als der Zug in einen Güterbahnhof einfuhr, trat ich die Bretter am eingesägten Ende los und riß sie unten ab, wo sie festgenagelt waren. Das Loch war groß genug, um hindurchzukriechen, und sobald der Zug hielt, tat ich das auch, mit den Füßen voran und den Mantel hinterher. Oben auf der Hauptstraße erfuhr ich, daß ich in Dodge City, Kansas, war, einer Stadt, die zu der Zeit größtenteils dem Glücksspiel, Schlägereien und dem Whiskey verfallen war. Keine dieser Vergnügungen konnte mich damals locken. Ich besorgte mir etwas zu essen und nahm ein billiges Zimmer für die Nacht. Völlig erschöpft schlief ich bis zum Mittag des nächsten Tages. Dann ging ich hinunter zum Bahnhof, um nach einem anderen Zug Ausschau zu halten. In der Nähe des Depots traf ich auf einen Typen, der wie ein Tramp aussah. Er musterte mich.

»Aufm Weg zum Bahnhof, Bürschchen?«

»Ja, warum?«

»Warte lieber bis zum Abend, wenn du aufspringen willst. Der Bulle von der Eisenbahn ist alarmiert. Heute morgen haben sie nen toten Tramp in nem Waggon mit Holz gefunden, und sie mußten die Rückwand aufsägen, um an die Leiche ranzukommen. Muß ein ziemlicher Anfänger gewesen sein, wenn er sich hinter ne Ladung gehobeltes Holz hockt. Sowas ist Selbstmord.«

Ich ging wieder zurück in die Stadt und betrat eine Schänke. Der Kellner war faul und geschwätzig.

»Auf Reisen?« fragte er.

»Ja.«

»Welche Richtung?«

»Denver.«

»Als blinder Passagier?«

»Ja.«

»Hör zu, es dauert drei oder vier Tage bis Denver, wenn du es so machst. Du ruinierst dir die Klamotten und vielleicht wirst du erwischt und für dreißig Tage zum Straßenkehren in Colorado Springs verdonnert – angekettet in einer Sträflingskolonne. Wenn du fünf Dollar auftreiben kannst, geb ich dir einen Zettel für den Schaffner im Überlandzug heute abend mit. Gib ihm den Fünfer und er kümmert sich um den Rest.«

»Danke, werds versuchen.«

Ich fand den Zug und den Schaffner, der den Zettel und meine fünf Dollar nahm, mich im Wäscheschrank versteckte und die Tür abschloß. Ich bekam kaum Luft. Nachts öffnete er einmal die Tür. »Alles klar, mein Freund?«

»Alles in Ordnung«, sagte ich, und die Tür wurde wieder geschlossen.

Am nächsten Morgen brachte er mir ein Stück Steak zwischen zwei Scheiben Brot und eine Kanne Kaffee. Danach ging es mir besser. Ich kauerte mich in eine Ecke und döste.

Nachmittags in Denver wurde ich befreit, glücklich, hungrig, steif und müde. Ich mietete für eine Woche ein günstiges Zimmer, ging zu einem Friseur und nahm ein Bad. Ich fand, fünfundzwanzig Cent für ein Bad waren eine ziemliche Geldverschwendung, und so entschloß ich mich, nach einer Badestelle im Freien zu suchen. Nach einigen Tagen hatte ich sie gefunden.

Unter ein paar Bäumen am Flußufer befand sich ein Lagerplatz von Tramps. Hier hatten sie ihre Feuerstellen und Büchsen zum Kaffeekochen. Sie lagen herum, wuschen und kochten ihre Kleidung aus und schwammen im Fluß. Sie stahlen in der Umgebung Hühner und alles was sie sonst noch in die Finger bekamen.

Eines Nachmittags, als ich gerade schwimmen war, gab es plötzlich einen Aufruhr und alle rannten davon. Zuerst schenkte ich dem keine Beachtung, aber dann stieg ich aus dem Wasser und lief zu meinen Sachen. Ich hatte sie gerade angezogen, als die Polizei kam und mich am Schlafittchen packte.

Sie verfrachteten mich in einen Gefangenentransporter. Ich war der einzige, den sie erwischt hatten. Später griffen sie noch einen oder zwei in den Wäldern auf und brachten uns hinunter ins Zuchthaus. Ich war halbtot vor Angst.

Sie sperrten uns zusammen mit einer Menge anderer Tramps, die ihnen ins Netz gegangen waren, in einen großen Raum. Die Polizei hatte den Befehl erhalten, die Stadt gründlich zu säubern.

Am Morgen führten sie uns dem Richter vor. Es war das erste Mal, daß ich vor Gericht stand. Wir wurden alle der Landstreicherei bezichtigt. Als ich aufgerufen wurde, protestierte ich. Ich sagte: »Euer Ehren, sie können mich doch keinen Landstreicher nennen. Ich habe zwanzig Dollar unten im Gefängnisbüro.«

Er sah mich so kalt und ungerührt an, als sei ich ein Teller voll Pastinaken. »Zwei Wochen Arbeitskolonne. Nächster Fall.«

4c
PONY
FIRST DAY OF
CALIF.

Jack Kerouac

Unterwegs

Die sagenhafteste Mitfahrgelegenheit meines Lebens sollte noch kommen, ein Lastwagen mit flacher Pritsche hinten, darauf sechs, sieben Jungen ausgestreckt, und die Fahrer, zwei junge blonde Farmer aus Minnesota, sammelten jede Menschenseele auf, die sie am Straßenrand fanden – die zwei lustigsten, fröhlichsten, nett aussehenden Holzköpfe, die zu treffen man sich wünschen konnte, beide in Baumwollhemden und Latzhosen und sonst nichts; beide muskelbepackt und solide, mit einem breiten Hallo-Lächeln für jeden, der ihnen über den Weg lief. Ich rannte hin und sagte: »Ist noch Platz?« Sie sagten: »Klar, spring auf, is' Platz genug für alle.«

Ich war noch nicht auf der flachen Pritsche, als der Laster schon losdonnerte; ich taumelte, ein Mitfahrer packte mich, und ich ließ mich nieder. Jemand reichte eine Pulle Fusel herum, das heißt den traurigen Rest. Ich trank einen kräftigen Schluck in der wilden, poetischen Tröpfelregenluft von Nebraska. »Yippieee, los geht's!« schrie ein Junge mit Baseballkappe, und die beiden vorn jagten den Laster auf siebzig Sachen und überholten alles. »Wir sind schon seit Des Moines mit diesem Schlitten unterwegs. Die Kerle machen nie Rast. Dann und wann mußt du schreien, wegen 'ner Pinkelpause, sonst mußt du in den Wind schiffen und dich dabei festhalten, Bruder, gut festhalten.«

Ich sah mir die Gesellschaft an. Da waren zwei junge Farmerburschen aus North Dakota mit roten Baseballkappen, was die

 Aus dem Amerikanischen von Thomas Lindquist

Standardkopfbedeckung für Farmerburschen aus North Dakota ist, und sie waren unterwegs zur Erntearbeit; ihre Väter hatten ihnen freigegeben, damit sie einen Sommer lang trampen konnten. Da waren zwei Stadtjungen aus Columbus, Ohio, Football-Spieler in der High-School-Mannschaft, die Kaugummi kauten, in die Sonne blinzelten und gegen den Wind sangen und sagten, sie wollten den ganzen Sommer lang per Anhalter durch die Vereinigten Staaten gondeln. »Wir fahren nach Los Angeles!« schrien sie.

»Was wollt ihr da machen?«

»Keine Ahnung, verdammt. Was soll's?«

Dann war da ein hochgewachsener dünner Bursche, der einen hinterhältigen Blick hatte. »Woher bist du?« fragte ich. Ich lag neben ihm auf der Pritsche; man konnte nicht aufrecht sitzen, ohne runterzufliegen, es gab keine Wagenklappen. Er drehte sich langsam zu mir um, machte den Mund auf und sagte: »Mon-ta-na.«

Schließlich waren da Mississippi Gene und sein Mündel. Mississippi Gene war ein kleiner schwarzhaariger Mann, der auf Güterzügen im Land herumfuhr, ein dreißigjähriger Tramp, der jedoch so jugendlich aussah, daß man sein Alter nie geraten hätte. Und er saß mit gekreuzten Beinen auf den Brettern, schaute über die Felder und sagte Hunderte von Meilen kein Wort, bis er sich schließlich irgendwann zu mir umdrehte und fragte: »Wohin fährst *du*?«

»Denver«, sagte ich.

»Ich hab da eine Schwester, hab sie aber seit etlichen Jahren nicht mehr gesehen.« Er sprach melodiös und langsam. Er hatte Geduld. Sein Mündel war ein sechzehnjähriger großer Blonder, auch in Landstreicherlumpen; das heißt, sie trugen alte Klamotten, die vom Ruß der Lokomotiven und vom Schmutz der Güterwagen und vom Schlafen auf der Erde geschwärzt waren. Auch der blonde Junge war still, er schien vor etwas davonzulaufen, vielleicht vor der Polizei, nach der Art, wie er geradeaus vor sich hin schaute und sich besorgt und gedankenversunken die Lippen leckte. Montana Slim sprach die beiden manchmal mit einem hämischen falschen Lächeln an. Sie achteten nicht auf ihn. Slim war überhaupt ein falscher Typ. Ich hatte Angst vor seinem breiten, dämlichen Grinsen, mit dem er einem unverwandt ins Gesicht starrte wie ein halb Irrer.

»Hast du Geld?« fragte er mich.

»Nein, verdammt, vielleicht genug für ’n Pint Whiskey, bis ich nach Denver komme. Und du?«

»Ich weiß, wo ich was auftreiben kann.«

»Wo?«

»Überall. Man kann immer irgendwen in ’ner dunklen Gasse ansprechen, was?«

»Sicher, das kann man wohl.«

»Hab ich gar nichts gegen, wenn ich mal wirklich Knete brauch. Jetzt will ich nach Montana, meinen Vater besuchen. Ich muß in Cheyenne aussteigen aus der Kiste und in eine andere Richtung weiterfahren. Die beiden Verrückten da vorn fahren nach Los Angeles.«

»Direkt?«

»Ohne Umsteigen – wenn du nach LA willst, sitzt du im richtigen Zug.«

Ich überlegte; die Idee, die ganze Nacht durch Nebraska, Wyoming und morgens durch die Wüste von Utah zu sausen, am Nachmittag wahrscheinlich durch die Wüste von Nevada, und tatsächlich in absehbarer Zeit in Los Angeles zu sein, hätte mich beinahe veranlaßt, meine Pläne zu ändern. Aber ich mußte nach

Denver. Also mußte auch ich in Cheyenne aussteigen und all die Meilen nach Süden bis Denver trampen.

Ich war froh, als die beiden Farmerburschen aus Minnesota, denen der Truck gehörte, in North Platte anzuhalten beschlossen, um etwas zu essen; ich wollte sie mir mal ansehen. Sie kamen aus der Kabine und lächelten uns alle an. »Pinkelpause«, sagte der eine. »Essenszeit!« sagte der andere. Aber sie waren die einzigen in unserm Verein, die Geld genug hatten, um sich etwas zu bestellen. Wir trotteten hinter ihnen her in ein Restaurant, das von ein paar Frauen geführt wurde, und hockten bei Hamburgern und Kaffee, während sie enorme Mahlzeiten wegputzten, als säßen sie zu Hause in Mutters Küche. Sie waren Brüder; sie transportierten landwirtschaftliche Maschinen von Los Angeles nach Minnesota und verdienten gut Geld damit. Und so lasen sie auf ihrer leeren Fahrt zur Küste jeden auf, der an der Straße stand. Das hatten sie inzwischen schon fünfmal gemacht, und sie hatten den größten Spaß dabei. Sie fanden alles prima. Sie hörten nie auf zu lächeln. Ich versuchte mit ihnen zu reden – ein blödsinniger Versuch meinerseits, mich mit den Kapitänen unseres Schiffs anzufreunden –, und die einzige Antwort, die ich bekam, war ein doppeltes strahlendes Lächeln mit großen maisgepäppelten weißen Zähnen.

Alle hatten sich in dem Restaurant um sie versammelt, bis auf Gene und seinen Schützling, die zwei Landstreichertypen. Als wir zurückkamen, saßen sie immer noch auf dem Lastwagen, einsam und trostlos. Jetzt brach die Dunkelheit herein. Die beiden Fahrer wollten erst mal eine rauchen; ich nutzte die Gelegenheit, um schnell eine Flasche Whiskey zu holen, zum Warmhalten in der pfeifenden kalten Nachtluft. Sie lächelten, als ich es ihnen sagte. »Lauf schon, mach schnell.«

»Sie können auch 'n Schluck abhaben«, beteuerte ich.

»O nein, wir trinken nie, lauf nur.«

Montana Slim und die beiden High-School-Typen wanderten mit mir durch die Straßen von North Platte, bis wir einen Schnapsladen fanden. Sie warfen was dazu, auch Slim, und ich kaufte eine Flasche. Hochgewachsene Männer mit mürrischen Mienen beobachteten uns aus Häusern mit falschen Stuckfassaden; die Hauptstraße war gesäumt von quadratischen Schachtelhäusern. Endlose Ausblicke auf die Prärie öffneten sich hinter jeder der traurigen Seitenstraßen. Ich spürte, daß in der Luft von North Platte etwas anders war, aber ich wußte nicht, was es war. Fünf Minuten später wußte ich's. Wir stiegen wieder auf den Laster und brausten los. Es wurde rasch dunkel. Wir tranken alle einen Schluck, und als ich mich umschaute, waren die grünen Felder am Platte River plötzlich verschwunden, und statt dessen sah man, so weit das Auge reichte, weite Ödlandflächen, nur Sand und Gestrüpp. Ich staunte.

»Was zum Teufel ist das?« schrie ich zu Slim hinüber.

»Das Weideland, Mann. Gib mal die Flasche rüber.«

»Yippieee!« schrien die Schuljungen. »Leb wohl, Columbus! Was würden Sparkie und die anderen sagen, wenn sie hier wären. Juhuu!«

Die Fahrer vorne hatten gewechselt; der ausgeruhte Bruder holte das letzte aus dem Laster heraus. Auch die Straße hatte sich verändert: bucklig gewölbt in der Mitte, mit weichen Banketten und metertiefen Straßengräben auf beiden Seiten, so daß der Truck von einer Straßenseite zur anderen holperte und schlingerte – wunderbarerweise nur dann, wenn keine Autos entgegenkamen –, so daß ich schon dachte, wir würden gleich alle Purzelbaum schlagen. Aber die beiden waren unwahrscheinliche Fahrer. Wie dieser Lastwagen die Nase von Nebraska – die Ausbuchtung, die über Colorado hinausragt – hinter sich brachte! Und bald wurde mir klar, daß ich jetzt endlich in der Höhe von Colorado war, noch nicht offiziell über die Grenze, aber mit Blickrichtung nach Südwest, nach Denver, ja, das nur noch ein paar hundert Meilen entfernt war. Ich schrie vor Freude. Wir reichten die Flasche herum. Die großen blinkenden Sterne kamen heraus, die Sandhügel in der Ferne verblaßten. Ich fühlte mich wie ein Pfeil auf der Sehne, der gleich auf das Ziel zufliegen würde.

Und plötzlich richtete sich Mississippi Gene vor mir aus seiner geduldig hockenden Träumerei auf, öffnete seinen Mund, beugte sich herüber und sagte: »Diese Ebenen erinnern mich an Texas.«

»Bist du aus Texas?«

»Nein, Sir, ich bin aus Green-vell Mass-zippy.« So sprach er es aus.

»Und wo kommt der Junge her?«

»Hat Schwierigkeiten gehabt, zu Hause in Mississippi, drum hab ich angeboten, ihm rauszuhelfen. Der Kleine war noch niemals fort von daheim. Ich kümmere mich um ihn, so gut ich kann, er ist noch ein Kind.« Gene war ein Weißer, aber er hatte was von der Weisheit und Müdigkeit eines alten Negers an sich, auch etwas, das stark an Elmer Hassel erinnerte, den New Yorker Drogensüchtigen, aber einen Eisenbahn-Hassel, einen reisenden, epischen Hassel, der jedes Jahr ein paarmal das Land durchquerte, nach Süden im Winter und Norden im Sommer und nur, weil er nirgends bleiben konnte, ohne daß es ihn anödete, und weil es für ihn kein Zuhause gab, nur die ewige Ferne, immer auf Achse unter den Sternen, meistens den Sternen des Westens.

»Bin ein paarmal in Og-den gewesen. Falls du nach Og-den mitkommen willst, ich hab da Freunde, bei denen wir unterkriechen können.«

»Ich will von Cheyenne direkt nach Denver.«

»Unsinn, fahr doch durch, so 'ne Chance kriegste nicht jeden Tag.«

Auch dies war ein verlockendes Angebot. Was war in Ogden los? »Was gibt's in Ogden?« fragte ich.

»Das ist die Stadt, wo die meisten von uns vorbeikommen und sich jedesmal wiedersehen; da kannst du jeden treffen.«

In meinen früheren Jahren bin ich mal zur See gefahren mit einem großen, grobknochigen Kerl aus Louisiana, der Big Slim Hazard hieß, William Holmes Hazard, und der Landstreicher aus freien Stücken war. Als kleiner Junge hatte er gesehen, wie ein Landstreicher an die Tür kam und seine Mutter um ein Stück Kuchen bat, und sie hatte es ihm gegeben, und als der Landstreicher auf der Straße davonging, hatte der Kleine gesagt: »Ma, was ist das für ein Mann?« – »Oh, das ist ein Landstreicher.« – »Ma, später möchte ich auch ein Landstreicher werden.« – »Halt den Mund, das ist nichts für uns Hazards.« Aber er hatte den Tag nie vergessen, und als er erwachsen war, wurde er, nach einem Zwischenspiel als Fußballer an der Uni von Louisiana, Landstreicher. Viele Nächte haben Big Slim und ich dagesessen und haben Geschichten erzählt und Tabaksaft in den Pappbecher gespuckt. Und jetzt erinnerte etwas in Mississippi Genes Benehmen so eindeutig an Big Slim Hazard, daß ich sagte: »Hast du zufällig mal einen Typ getroffen, der Big Slim Hazard hieß?«

Und er sagte: »Du meinst den langen Kerl mit der gewaltigen Lache?«

»Na, das klingt ganz nach ihm. Er war aus Ruston, Louisiana.«

»Stimmt. Louisiana Slim nennen ihn manche. Ja, Sir, klar habe ich Big Slim getroffen.«

»Und er hat auf den Ölfeldern im Osten von Texas gearbeitet?«

»Im Osten von Texas, richtig. Und jetzt ist er Viehtreiber.«

Auch das stimmte genau; und ich konnte es immer noch nicht fassen, daß Gene tatsächlich Slim kennen sollte, nach dem ich seit Jahren mehr oder minder Ausschau gehalten hatte. »Und hat er mal auf Hafenschleppern in New York gearbeitet?«

»Also, davon weiß ich nichts.«

»Ich nehme an, du kanntest ihn nur im Westen.«

»Das nehm ich auch an. In New York bin ich nie gewesen.«

»Also, verdammt, ich fasse es nicht, daß du ihn kennst. Dies ist ein großes Land. Aber ich wußte, du mußt ihn gekannt haben.«

»Ja, Sir. Big Slim kenne ich ziemlich gut. Immer großzügig mit seinem Geld, wenn er welches hat. Auch ein gemeiner, harter Bursche; in Cheyenne auf dem Güterbahnhof hab ich mal gesehen, wie er mit einem einzigen Schlag einen Polizisten flachlegte.« Das sah Big Slim ähnlich; diesen einen Boxhieb übte er immer in der Luft; er sah aus wie Jack Dempsey, aber ein junger Jack Dempsey, der trank.

»Verdammt!« brüllte ich gegen den Wind und hob noch einmal die Flasche, und so langsam ging es mir richtig gut. Jeder Schluck wurde sofort vom Fahrtwind auf dem offenen Lastwagen fortgewischt – ich meine, die bösen Nachwirkungen wurden weggewischt und die gute Wirkung verbreitete sich im Magen. »Cheyenne, ich komme!« sang ich. »Denver, paß auf, dein Typ ist da.«

Montana Slim wandte sich mir zu, deutete auf meine Schuhe und meinte: »Glaubst du, die kannst du irgendwo einpflanzen, und dann wächst was draus?« – und dies mit todernstem Gesicht, natürlich, und die anderen Jungs hörten es und lachten. Es waren tatsächlich die albernsten Schuhe von ganz Amerika; ich hatte sie extra gekauft, weil ich auf der heißen Landstraße keine Schweißfüße kriegen wollte, und bis auf den Regen am Bear Mountain erwiesen sie sich als die bestmöglichen Schuhe für meine Fahrt. Also lachte ich mit den anderen. Tatsächlich waren die Schuhe jetzt ziemlich in Fetzen, die bunten Lederstreifen standen hoch wie die Schale einer frischen Ananas, und meine Zehen spitzten hervor. Na, wir tranken noch einen Schluck und lachten. Wie im Traum sausten wir durch die kleinen Städte an den Straßenkreuzungen, die aus der Dunkelheit aufsprangen, und fuhren in der Nacht an langen Reihen von lungernden Erntearbeitern und Cowboys entlang. Sie hoben den Kopf und schauten uns nach, und noch draußen im Dunkel am anderen Ende der Stadt konnten wir sehen, wie sie sich auf die Schenkel klatschten – wir waren schon eine komische Crew.

Um diese Jahreszeit waren viele Männer hier in der Gegend; es war Erntezeit. Die Jungs aus Dakota wurden nervös. »Bei der nächsten Pinkelpause steigen wir, glaube ich, aus; scheint viel Arbeit zu geben hier in der Gegend.«

»Ihr braucht nur weiter nach Norden zu gehen, wenn's hier vorbei ist«, riet Montana Slim, »und müßt einfach der Ernte folgen, bis ihr in Kanada seid.« Die Jungs nickten zerstreut; sie gaben nicht viel auf seinen Rat.

Der kleine blonde Ausreißer saß noch genauso da wie zuvor; dann und wann richtete sich Gene aus seiner buddhistischen Trance auf, blickte auf die vorbeirauschende dunkle Prärie und sagte dem Jungen freundlich etwas ins Ohr. Der Junge nickte. Gene kümmerte sich um ihn, um seine Stimmungen und seine Ängste. Ich fragte mich, wohin um alles in der Welt sie gehen und was sie tun würden. Sie hatten keine Zigaretten. Ich verschwendete mein ganzes Päckchen an sie, weil ich sie so gern hatte. Sie waren dankbar und höflich. Nie fragten sie, immer bot ich welche an. Montana Slim hatte eigene, gab das Päckchen aber nie weiter.

Wir sausten wieder durch ein Dorf an einer Straßenkreuzung, wieder vorbei an Reihen großer schlaksiger Männer in Jeans, die sich um trübe Laternen wie Motten in der Wüste drängten, und die Sterne am Himmel leuchteten rein und hell, weil die Luft immer dünner wurde, während wir die Steigung des westlichen Plateaus erklommen, ungefähr einen Fuß pro Meile, sagt man; und keine Bäume am Horizont verdeckten die tief stehenden Sterne. Einmal sah ich im Vorbeifahren das traurige weiße Gesicht einer Kuh im Gestrüpp an der Straße. Es war wie Eisenbahnfahren, genauso ruhig und genauso geradeaus.

Irgendwann näherten wir uns einer Stadt, bremsten ab, und Montana Slim sagte: »Ah, Pinkelpause«, aber die Farmer aus Minnesota hielten nicht an und fuhren glatt weiter. »Verdammt, ich muß mal«, sagte Slim.

»Häng dich über Bord«, sagte einer.

»Klar, das *mach* ich«, sagte er und schob sich langsam, während wir alle zuschauten, Zentimeter um Zentimeter auf dem Hintern bis an den Rand der Plattform, mit den Händen Halt suchend, so gut es ging, bis seine Beine über die Kante baumelten. Irgendwer klopfte an das Kabinenfenster, um die Brüder aufmerksam zu machen. Sie drehten sich um und lächelten breit. Und gerade als Slim bereit war, anzufangen, gefährlich, wie die Sache sowieso schon war, rissen sie den Lastwagen mit siebzig Stundenmeilen hin und her. Er fiel auf den Rücken; wir sahen eine Walfischfontäne in die Luft steigen; er rappelte sich auf, bis er wieder saß. Die Brüder ließen den Laster schaukeln. *Rrrums,* krachte Slim zur Seite und machte sich von oben bis unten naß. Im brausenden Fahrtwind hörten wir ihn leise fluchen, es klang wie das Gewimmer eines Mannes weit draußen in den Hügeln. »Verdammt ... verdammt ...« Er wußte nicht einmal, daß wir's mit Absicht getan hatten; er mühte sich ab, grimmig wie Hiob. Als er fertig war, sozusagen, war er zum Auswringen naß, und jetzt mußte er wieder den ganzen Weg rutschend und wackelnd zurück, und alle lachten, bis auf den traurigen blonden Kleinen, und in der Kabine brüllten die Fahrer aus Minnesota. Ich reichte ihm die Flasche zur Entschädigung.

»Teufel«, sagte er, »haben die das absichtlich gemacht?«

»Klar haben sie das.«

»Oh, verdammt will ich sein, das wußte ich nicht. Ich weiß nur, ich hab's in Nebraska schon mal versucht, und da war's halb so schwierig.«

Plötzlich kamen wir in die Stadt Ogallala, und dort verkündeten die Burschen in der Kabine *»Pinkelpause!«*, und das sichtlich mit dem größten Vergnügen. Slim stand verdrossen am Laster und trauerte einer verpaßten Gelegenheit nach. Die zwei Jungen aus Dakota sagten uns allen good-by und meinten, sie würden sich hier in die Ernte stürzen. Wir sahen sie in die Nacht entschwinden, hinaus zu den Buden am Ende der Stadt, wo noch Lichter brannten und wo, wie ein Nachtwächter in Jeans sagte, die Arbeitsvermittler warteten. Ich mußte noch Zigaretten kaufen. Gene und der blonde Junge kamen mit, um sich die Beine zu vertreten. Ich platzte in die unwahrscheinlichste Kneipe der Welt, so etwas wie eine einsame Prärie-Eisdiele, wo die Mädchen und Jungen aus der Stadt verkehrten. Sie tanzten, jedenfalls ein paar von ihnen, zum Gedudel der Jukebox. Alles verstummte, als wir hereinkamen. Gene und Blondey standen bloß da und starrten vor sich hin; sie wollten nichts anderes als Zigaretten. Dabei gab es sogar ein paar hübsche Mädchen. Und eine von ihnen verdrehte die Augen nach Blondey, aber der Junge merkte es nicht, und hätte er es gemerkt, er hätte sich nichts draus gemacht, so traurig und weggetreten war er.

Ich kaufte ein Päckchen für jeden von ihnen; sie bedankten sich. Der Lastwagen war startklar. Es ging inzwischen auf Mitternacht zu, und es wurde kalt. Gene, der öfter durchs Land gegondelt war, als er an seinen Fingern und Zehen abzählen konnte, meinte, wir sollten am besten unter der großen Plane zusammenrücken, sonst würden wir erfrieren. Auf diese Art und mit dem Rest der Flasche hielten wir uns warm, während die Luft eiskalt wurde und uns in die Ohren kniff. Die Sterne leuchteten immer heller, je weiter wir das Hochplateau erklommen. Jetzt waren wir in Wyoming. Flach auf dem Rücken starrte ich zum prächtigen Firmament empor und jubelte, wie schnell es voranging und wie weit ich vom trostlosen Bear Mountain schließlich gekommen war. Ich zappelte vor Aufregung, wenn ich mir ausmalte, was mich in Denver erwartete – was immer, was immer es sein mochte. Und Mississippi Gene fing an ein Lied zu singen. Er sang es mit klingender leiser Stimme im Tonfall der Leute vom großen Fluß, und es war ein schlichtes Lied: »I got a purty little girl, she's sweet sex-teen, she's the purti-est thing you ever seen«, und das wiederholte er immer wieder, und dazwischen flocht er andere Verse, die alle davon handelten, wie weit fort er war und wie sehr er sich danach sehnte, zu seiner schönen Sechzehnjährigen zurückzukehren, aber er hatte sie verloren.

Ich sagte: »Gene, das ist ein schönes Lied.«

»Das schönste, das ich kenne«, sagte er lächelnd.

»Ich hoffe, du wirst irgendwo hingehen und glücklich sein, wenn du ankommst.«

»Ich schaff's schon, ich komme immer durch, so oder anders.«

Montana Slim schlief. Jetzt wachte er auf und sagte zu mir: »He, Blackie, was meinst du, machen wir beide Cheyenne unsicher, heute nacht, bevor du nach Denver fährst?«

»Klare Sache.« Ich war besoffen genug, um alles mitzumachen.

Während der Truck durch die Vororte von Cheyenne rollte, sahen wir die hohen roten Lichter des lokalen Radiosenders, und plötzlich steckten wir in einer großen Menschenmenge, die sich auf beiden Straßenseiten über die Bürgersteige schob. »He, warte, da ist ja Wildwest-Woche«, sagte Slim. Massen von Geschäftsleuten, fetten Geschäftsleuten in Stiefeln und mit Zehn-Gallonen-Hüten auf dem Kopf, ihre stämmigen Weiber im Cowgirl-Kostüm, wälzten sich johlend und kreischend über die hölzernen Bürgersteige des alten Cheyenne; weiter draußen hingen die langen Lichterketten über den Boulevards des neuen Zentrums von Cheyenne, aber das Fest wurde hauptsächlich in der Altstadt gefeiert. Platzpatronen krachten. Aus den Saloons quoll die Menge bis auf die Straße. Ich konnte nur staunen, und gleichzeitig kam es mir lächerlich vor. Bei meinem ersten Ausflug in den Westen mußte ich mit ansehen, auf welche absurden Mittel er verfallen war, um seine stolzen Traditionen hochzuhalten. Wir mußten aussteigen und good-by sagen; die beiden Brüder aus Minnesota hatten keine Lust, hier länger herumzuhängen. Es war traurig, sie zu verabschieden, und mir war klar, daß ich keinen von ihnen je wiedersehen würde, aber so war's nun mal. »Heut nacht werdet ihr euch den Arsch abfrieren«, warnte ich. »Und morgen nachmittag werdet ihr in der Wüste geröstet.«

»Soll mir recht sein, solange wir nur aus der kalten Nacht rauskommen«, sagte Gene. Und der Truck fuhr los und fädelte sich durch die Menge, und niemand achtete auf die sonderbaren jungen Typen unter der Plane, die auf die Stadt starrten wie Babys aus einem Steckkissen. Ich schaute ihnen nach, wie sie in die Nacht verschwanden.

ECUADOR
SQUICENTENARIO DE LA BATALLA
DE PICHINCHA
1822
1972
to La Merced
AEREO S/ 4.50
EL I.G M
QUITO - ECUADOR
ECUADO
SESQUICENTENARIO DE LA
DE PICHINCHA
1822
Interior
Convento La Merced
IMP. EN EL I.G M
AEREC
sse,
42,
en 91,
Alemania

Paul Theroux

El Panamericano

Ich hatte gedacht, ich sei der einzige Ausländer im Zug; ich hätte es besser wissen müssen. Die Erfahrung hatte mich gelehrt, daß in der zweiten Klasse immer ein Deutscher auf seinem Rucksack hockte und Apfelsinenkerne aus dem Fenster spuckte. In Humahuaca war es Wolfgang. Während des kalten Regengusses in Oruro war er in den bolivianischen Teil des Zuges eingestiegen und hatte seitdem in der zweiten Klasse vor sich hin gelitten. Ich hatte ihn nicht gesehen, er aber mich, als ich bei der Indiofrau in La Quiaca Tee gekauft hatte. Er war seit Monaten in Zentral- und Südamerika unterwegs und hatte nur sehr vage Vorstellungen von seinem Ziel. Eins wußte er jedenfalls genau: Wenn er nicht das Glück hätte, in Buenos Aires einen Job zu finden, säße er für den Rest seines Lebens in Argentinien fest. Am liebsten würde er aber, ehrlich gesagt, nach Hause fahren.

In der Gesellschaft solcher Leute, von denen ich viele getroffen hatte, schämte ich mich fast, daß ich so schnell von Boston hierhergekommen war. Zwei Monate zuvor war ich in der South Station in den »Lake Shore Limited« gestiegen und nach ein paar Schneetagen unter blauem Himmel in Richtung Mexiko gerollt. Ich war nicht bestohlen worden und nie ernstlich krank gewesen; ich hatte hübsche Orte gesehen und nette Leute kennengelernt. Ich hatte Hunderte von Seiten meines Tagebuches gefüllt und war jetzt sicher, daß ich es bis Patagonien schaffen würde, bis nach Esquel, dem kleinen Ort, den ich auf der Karte gesehen hatte, meinem

Aus dem Amerikanischen von Erica Ruetz

willkürlichen Ziel. Ich hatte die meisten Länder schnell durchquert und war immer etwas ratlos, wenn ich einen anderen Reisenden kennenlernte, der mir erzählte, er hätte vor, für einen Monat in – beispielsweise – Barranquilla oder Cuzco zu bleiben. »Ecuador hat mir nicht gefallen«, sagte ein Amerikaner in Peru. »Vielleicht hab ich einfach nicht genug Zeit dort verbracht.« Er war zwei Monate lang dort gewesen, was mir wie eine Ewigkeit vorkam.

Wolfgangs Geschichte war die gleiche: einen Monat hier, einen Monat dort, zwei Monate wieder woanders. Er hatte sich, offenbar auf der Suche nach einem Neubeginn, in diesen Orten fast häuslich eingerichtet. Ich wußte, daß ich sehr schnell nach Süden hastete, ein Zugvogel, der seine allgemeinen Schlüsse aus dem unmittelbar Sichtbaren zog. Aber weil ich keine Kamera mitgenommen und so viel niedergeschrieben hatte, blieben mir alle Bilder frisch und lebendig im Gedächtnis. Ich brauchte mir nur die Aufzeichnungen der Gespräche anzusehen, wenn ich mich nach Mexiko oder Costa Rica zurückversetzen wollte, und die Besonderheiten der Bahnreise von Santa Marta nach Bogotá genügten mir schon, um Kolumbien wiedererstehen zu lassen. Reisen ist vor allem eine Prüfung für das Erinnerungsvermögen.

Um Zeit totzuschlagen (der Zug hing immer noch in Humahuaca fest), teilweise aber auch, um mich von dem Schuldgefühl zu befreien, das mich immer in Gesellschaft von Menschen befiel, die in mir nichts weiter als einen Touristen betrachteten, fragte ich Wolfgang, was ihm von den Orten, die er bereist hatte, am tiefsten in Erinnerung geblieben war.

»Das ist ein Quiz«, erklärte ich. »Ich sage einen Ortsnamen, und Sie sagen mir, was Ihnen dazu als erstes einfällt. Stellen Sie sich vor, ich bin jemand, der überhaupt noch nichts von der Welt gesehen hat – ich will wissen, wie es dort ist. Okay?«

»Das ist ein gutes Spiel«, sagte er.

»Fertig? Also los. Mexiko.«

»Die Amerikaner haben da viel Ärger«, sagte Wolfgang.

»Guatemala.«

»Ich hab den Bus nach San Salvador verpaßt, aber mein Rucksack war noch drin und also auch mein Paß. Ich hab drei Dollar vertelefoniert. Grauenhaft.«

»Nicaragua.«

»Hätt ich nicht hinfahren sollen.«

»Costa Rica.«

»Langweilig.«

»Kolumbien.«

»Tolle Lebensmittel auf den Märkten, aber ich bin dort krank geworden.«

»Vielleicht lag's an den Lebensmitteln«, meinte ich. »Was ist mit Ecuador?«

»Da war ich einen Monat. Bin mit den Bussen gefahren.«

»Peru.«

»Schön und billig.«

»Bolivien.«

»Die Leute in Bolivien sind alle blöd.«

»Argentinien.«

»Ich bleib hier ein paar Wochen oder Monate«, sagte er. »Also? Hab ich bestanden?«

»Durchgefallen, Wolfgang.«

Konkret wurde er erst, sobald wir aufs Thema Wechselkurs zu sprechen kamen. Hier bekomme man 670 Peso für den Dollar, aber es gebe auch Städte, wo man 680 kriegen könne. Der Unterschied betrug weniger als einen Cent, aber Wolfgang untermauerte die These, die ich schon früher auf dieser Reise aufgestellt hatte: Die abgerissensten Reisenden wissen immer am genauesten über die Wechselkurse Bescheid. Wolfgang wollte gar kein neues Leben anfangen. Für ihn wie für viele andere war Reisen nur eine Methode, Geld zu sparen.

Wir standen noch auf dem Bahnsteig, als der Zug ohne jede Vorankündigung zu rollen begann. Wir rannten los und sprangen in die Waggons, Wolfgang in die zweite Klasse, ich in die erste. Erst zwei Tage später, in Tucumán, sah ich ihn wieder.

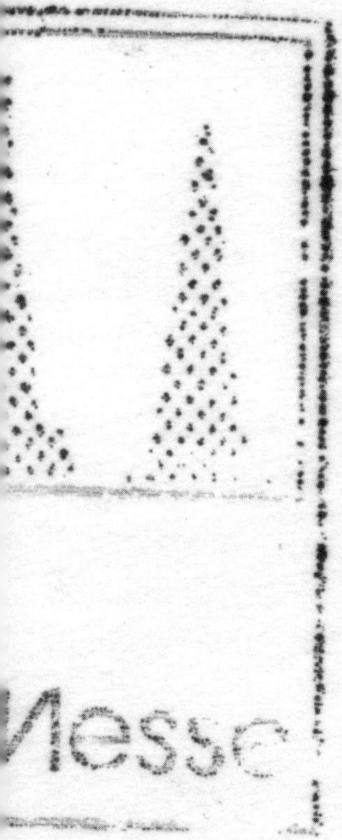
Messe

Dorothea Erxleben
60

Michael Holzach

Deutschland umsonst

Baukau, Wanne, Bismarck, Schalke, Hessler, Altenessen, Ebel – alles Namen, die mir etwas sagen. Als Zeitungsvolontär war ich oft in dieser Gegend unterwegs, um alte Leute zu interviewen für die Rubrik »Wir gratulieren«. Dieser »Job« war in der Redaktion so unbeliebt wie das Schreiben des Wetterberichts oder des Veranstaltungskalenders, ich aber tat es gern, denn die Jubilare hatten mir viel zu berichten. »Erzählen Sie mir mal von früher«, bat ich sie, wie der Enkel seine Großeltern, und dann erzählte mir zum Beispiel der damals 90jährige Franz Wachowiak aus Castrop von seiner polnisch-pommerschen Heimat, aus der er als Neunzehnjähriger am Ende des letzten Jahrhunderts in den Pütt gewandert war, um wie Zehntausende seiner Landsleute unter Tage zu arbeiten. Auch in Westfalen hat Wachowiak sein »Polenblut«, wie er es nannte, nie verleugnet. Er gründete den Gesangverein »Harmonia«, wo nur polnische Lieder gesungen wurden, und rettete die Noten im Kaninchenstall über die Nazizeit. Und unbeirrt hielt er der Madonna von Tschenstochau die Treue, und wenn ihn etwas mit der neuen Heimat verband, dann waren es die Fußballhelden Szymaniak, Tibulski und Cszepan, die damals für »Schalke 04« die Tore schossen. Das spannende Leben des Pommern, den mittlerweile sicher schon westfälischer Rasen bedeckt, hatte ich dann in der *Westfälischen Rundschau* mit einem »Dreizeiler abzufeiern«, und was dabei herauskam, las sich ungefähr so: »Franz Wachowiak begeht heute sein 90. Wiegenfest.

Wir wünschen unserem treuen Leser und altverdienten Bergmann weiterhin einen schönen Lebensabend.«

Nach meinem Volontariat mußte ich die *Rundschau* verlassen – zu meinem Glück, denn nun war ich arbeitslos und hatte Zeit, mich monatelang mit Franz Wachowiak und den Polen im Pütt zu beschäftigen, jenen Gastarbeitern der wilhelminischen Zeit, die das Ruhrgebiet zu dem gemacht haben, was es einmal war, und deren Kinder und Enkel heute von den eingefleischtesten Westfalen nicht mehr zu unterscheiden sind.

Während der Recherche traf ich auf der neunten Sohle der Zeche »Minister Achenbach«, in tausend Meter Tiefe, den Essener Fotografen Timm Rautert, der dort für *DIE ZEIT* Aufnahmen machte. Er fand Interesse an meinem Thema, fotografierte Wachowiak, und ein paar Wochen später erschien das Bild des Rentners auf der Titelseite des *ZEIT-Magazins*, wie er halbblind in seiner kleinen Wohn- und Schlafstube saß, das Christuskreuz über dem Bett, die Ansichtskarten aus Posen, Krakau und Stettin in der Vitrine. In den folgenden Jahren haben Timm und ich zusammen über dreißig Reportagen gemacht, wir wurden ein »Team« und so enge Freunde, daß eifersüchtige Kollegen argwöhnten, wir seien schwul. Und nun bin ich allein unterwegs, ohne Timm. Nicht erst hier, wo der Rhein-Herne-Kanal seinen Wohnort durchquert, habe ich ein Gefühl von Untreue, von Fremdgehen. Aber nun ist mein schlechtes Gewissen so groß, daß ich mit Timm reden muß.

Ein Tankwart glaubt mir die Geschichte vom verlorenen Portemonnaie und läßt mich umsonst ein Ortsgespräch führen. Timm ist gleich am Apparat, also nicht »auf Reportage« in Portugal, Australien oder Rio, wie ich befürchtet hatte. An der Kanalbrücke von Altenessen treffen wir uns, und wir tun zunächst ganz so, als sei alles wie früher. Mit dem Alfa geht es im Sausewind zum nächstbesten Italiener, dem »La Grotta« in Schalke, ich bestelle auf seine Kosten einmal Saltimbocca alla Romana, und wie immer fließt viel Chianti. Begierig höre ich den neuesten Journalistentratsch: daß im New Yorker Büro von *GEO* fünfzehn Leute gefeuert wurden, daß in der *ZEIT* ein Grabenkrieg ausgebrochen sein soll zwischen Liberalen und Konservativen und daß Augstein mit Haschisch im Gepäck festgenommen wurde. Begierig lasse ich mir von den schönen Reisen berichten, die Timm gerade hinter oder vor sich hat, von Portugal, Australien und Rio. Da kann ich mit Aplerbeck, Holzminden und Hildesheim kaum gegenanstinken, denke ich, doch Timms Augen leuchten so wie meine. »Tolle Geschichten«, sagt er, und mir dämmert, wie sehr ich doch ganz der alte geblieben bin. Vielleicht ist diese Wanderschaft gar nichts Neues für mich, sondern nur die Fortsetzung meines Lebenswegs mit anderen Mitteln. Die Füße ersetzen den Alfa, die leeren Taschen die vollen, aber ansonsten bin ich nach wie vor für jede »heiße Story« dankbar.

Ein Nichtseßhafter war ich auch als Reporter, Abhauen war mein Beruf, und ich wurde gut dafür bezahlt. Gratis dazu gab es schöne Reisen, teure Hotels, gutes Essen, berufliches Renommee, aber was war mit den Leuten, über die wir berichteten? Mitte der siebziger Jahre recherchierten Timm und ich eine Geschichte über Spätaussiedler. Wir fuhren nach Schlesien und besuchten Polen deutscher Nationalität, die sich seit Jahren vergeblich um eine Ausreisegenehmigung in die Bundesrepublik bemüht hatten. Vierzehn Tage nachdem wir in einer großen Reportage über das persönliche Schicksal dieser Menschen berichtet hatten, durften sie endlich reisen. Stolz empfingen wir sie im Lager Friedland und riefen die Leser auch noch zu Patenschaften auf, um den

Aussiedlern die Integration in ihre neue Heimat zu erleichtern. Auf die Idee, selber Pate zu werden, kamen wir erst gar nicht. Wir hatten einen guten Artikel geschrieben, damit war die Sache erledigt. Längst wartete ein neues »brandaktuelles« Thema darauf, daß wir es anpackten: Gastarbeiter, Arbeitslose, Chile-Flüchtlinge, Nichtseßhafte, jugendliche Trinker.

So schmarotzten wir uns mit unserem »sozial engagierten Journalismus« durch das Elend der Leute, und oft wurde uns selbst hundeelend dabei. Zwar brachten wir der Öffentlichkeit die Probleme mancher Randgruppe näher und dienten damit auch deren Interessen, doch die Betroffenen selbst blieben dabei fast immer auf der Strecke. Sie hatten uns ihre Not geschildert, wir nahmen alles zu Protokoll, machten Bilder, und weg waren wir. Das ging auf die Dauer an die Nieren, und es war auch einer der Gründe, warum ich vor Jahren den guten Job bei der *ZEIT* kündigte, um mich intensiver und ein Stück ehrlicher mit den Leuten zu befassen, denen ich meinen journalistischen Erfolg verdankte. Ich packte die Koffer und fuhr nach Kanada, wo ich ein Jahr lang bei den Hutterern lebte, einer deutschstämmigen Wiedertäufersekte, die seit Jahrzehnten einen urchristlichen Kommunismus praktiziert. Mich faszinierte das enge Gemeinschaftsleben dieser »Brüder und Schwestern«, wie sie sich selber nennen, die den Privatbesitz ebenso ablehnen wie jede Art von Gewalt. Ich glaubte, hier eine Lebensform gefunden zu haben, von der ich und meine Leser einiges lernen könnten. Damit ich auch wirklich wußte, worüber ich schrieb, brachte ich mich ganz ein in diese Glaubensgemeinschaft, trug hutterische Tracht, betete hutterische Gebete, erntete hutterischen Weizen. Doch als das Jahr um war, enttäuschte ich wieder: Die strenggläubigen Hutterer mißverstanden mein persönliches Engagement und betrachten mich heute fast als Abtrünnigen, der in ihre Gemeinschaft gekommen war, nicht um einer der ihren zu werden, sondern allein um ein Buch zu schreiben. Wieder einmal stand ich ratlos vor einem Scherbenhaufen, und doch glaubte ich, richtig gehandelt zu haben.

Nach all diesen Erfahrungen grub ich meinen alten Plan wieder aus, eine autobiographische Wanderung durch Deutschland zu machen, zunächst noch ohne jede Verwertungsabsicht. Ich wollte einfach losgehen und die Orte ansteuern, die mit mir persönlich etwas zu tun haben. Wen interessieren schon Holzminden oder Heppenheim oder Bergisch-Gladbach, fragte ich mich, die interessieren vor allem mich selbst. Und unterwegs wollte ich den Menschen, über die ich früher Artikel geschrieben hatte, nicht als Reporter begegnen, sondern als einer, der selbst notleidend ist, der Hilfe braucht und der in erster Linie kein Informationsbedürfnis hat, sondern Hunger. So war das Projekt in meinem Kopf gewachsen, und als ich losging, steckte dann doch die Kamera im Rucksack.

»Scheiß-spiel!« Nun liege ich chiantischwer unter der Kanalbrücke. Timms Angebot, bei ihm zu Hause zu schlafen, habe ich trotzig abgelehnt. Aber noch bevor es Tag wird, kommt der Kater. Das Bochumer Studentenheim ist hinter mir, mit Timm hab' ich gut gegessen – was nun kommt, ist erneute Ungewißheit und Leere. Wie nach dem Verlassen meines Internats in Holzminden muß ich mich neu orientieren, mir neue Ziele setzen, und das fällt schwer. Bergisch-Gladbach, wo das inzwischen verkaufte Haus meines verstorbenen Vaters steht; Heppenheim, wo ich während meiner ersten sechs Lebensjahre herumgereicht wurde; München, wo meine Mutter als lustige Witwe lebt – all diese Orte schrecken mich mehr, als daß sie meinem Schritt Mut machen.

Ohne Frühstück weiter durch Regen, Regen, Regen. In meinem Cape, die Kapuze bis auf ein kleines Guckloch zugeschnürt, fühle ich mich wie eine Schnecke in ihrem Haus. Meine Augen sind zu Sehschlitzen verkniffen, die nur den einen Meter vor mir sehen wollen, die Pfützen, den Stein und mehr nicht. Was links und rechts von mir liegt, davon nehme ich nichts mehr zur Kenntnis, Schiffe begegnen mir ungesehen, das Winken der Schiffer bleibt unbeantwortet, Ortschaften sind namenlos. Die Außenwelt ist wie abgestorben, aber auch in meinem Schneckenhaus will es mir nicht behaglich werden. Alles ist wieder klammnaß, alles ist wieder dumpf und taub, von den Fußsohlen bis hinauf zu den zusammengepreßten Lippen. Ich habe wieder Sehnsucht nach Freda, nach meinen eigenen vier Wänden, nach überschaubaren Verhältnissen, nach allem, wovor ich früher Angst hatte.

Nur Feldmann ist wunschlos glücklich. Es macht mich rasend, daß er rein gar nichts spürt von meiner Niedergeschlagenheit. Ich könnte ihn treten, den Köter! Statt mich zu trösten, schnüffelt er mit pulsierender Nase aufgeregt an allem herum. Die Nässe, die mir so sehr zu schaffen macht, genießt er, weil durch sie die Welt erst richtig zu riechen beginnt.

Duisburg-Ruhrort. Hier wird der Kanal zum Hafen. Ein Wald aus Kränen ragt in den dämmrigen Himmel. Bunte Öllachen treiben auf dem schwarzen Wasser. Träge scheuern sich die Schlepper an der Pier. Hamburg geht mir nicht aus dem Sinn.

Frierend erreiche ich die Innenstadt. Die Bahnhofsmission hat schon geschlossen, aber im Wartesaal ist Hochbetrieb. Stadtstreicher vertrinken die Bettelbeute des Tages, Gastarbeiter reden mit Händen und Füßen aufeinander ein, alte Frauen spielen, die Hände voller Münzen, an Groschenautomaten um ein bißchen Glück, wartende Reisende, hier deutlich in der Minderheit, distanzieren sich in betont aufrechter Sitzhaltung hinter Kaffeetassen und aufgeschlagenen Zeitungen vom übrigen Geschehen.

Umständlich schnüre ich mich gleich neben dem Eingang aus meiner Regenplane, und alles wartet gespannt, wer wohl darunter zum Vorschein kommt. »Ei, ei, der Rübezahl«, ruft ein vor Kraft strotzender Mann mit rotunterlaufenen Augen. Ich überhöre die spöttische Bemerkung, stelle mein Gepäck in die Ecke, lasse Feldmann davor Platz nehmen und verschwinde erst einmal auf der Toilette, um meinen dringendsten Bedürfnissen nachzugehen. Die Klotüren aber lassen sich nur öffnen, wenn man 30 Pfennige in den Verriegelungsautomaten geworfen hat. Eine Klofrau, die ich vielleicht hätte bereden können, ist nicht da. Statt dessen steht nur eine leider leere Untertasse für das Trinkgeld herum. Schon überlege ich mir, ob ich nicht über eine Tür klettern könnte, da kommt ein Mann, der sich problemlos mit drei Groschen dort Einlaß verschafft, wohin es auch mich drängt. Ich warte, bis er wieder herauskommt, und stelle flink meinen Fuß in die Tür. Früher waren Bahnhofstoiletten für mich das Unappetitlichste, was sich denken ließ, fast schlimmer noch als von Unbekannten benutztes Bettzeug. Und nun empfinde ich zu meiner Überraschung nicht den geringsten Ekel in dieser dumpfen Enge, die noch nach Vorgänger riecht. Meine Anpassung ans Wanderleben hat spürbare Fortschritte gemacht.

So trinke ich auch, ohne lange zu zögern, aus dem Glas des Mannes mit den geröteten Augäpfeln, der mir spendabel den Rest seines Bieres überläßt. »Was bettelt ihr Penner euch so durchs Leben, ihr Feiglinge«, schimpft mein kräftiger Nachbar, der sich mit großen Geldscheinen bei seinen Saufkumpanen Respekt verschafft. »Ihr müßt angreifen, ihr müßt euch nehmen, was ihr braucht, nicht auf der Straße drum betteln.« Und damit gleich klar ist, was er meint, greift der Mann in seine Lederjacke und holt eine Handvoll funkelnder Digitaluhren heraus. »Karstadt«, sagt er stolz, »500 Mark im Vorbeigehen, dafür müßt ihr sechs Wochen die Hand aufhalten, ihr Flaschen. Ihr müßt angreifen!« Alle bestaunen wir die Ware, die uns der stolze Dieb wie eine Trophäe vor die Nase hält. Einer ist vom Fach und wagt die abschätzige Bemerkung »Ramsch«. Da zieht der Muskelmann ein giftgrünes Ding aus der Hosentasche, und mit scharfem Schnappen schnellt eine blitzende Klinge hervor. Sofort ist Ruhe. Mir fährt das Blut in die Schläfen. Abhaun ist mein einziger Gedanke, nichts wie weg von hier. Den Rucksack unterm Arm, das nasse Cape und den Stock in der Hand, flüchte ich in die Schalterhalle, laufe weiter über den Bahnhofsvorplatz, durch irgendeine Straße, rette mich unter irgendein Dach, das mir Schutz bietet vor dem Wetter. Auf feinen Kieselsteinen, neben einer großen Glasfassade, rolle ich meinen Schlafsack aus. Hinter den Fenstern sehe ich im Halbdunkel große Statuen stehen – sind es griechische, sind es römische, meinetwegen können es auch Schaufensterpuppen sein. Ob Museum oder Kaufhaus, Hauptsache, das Gebäude hat einen anständigen Vorbau, unter dem es sich trocken schlafen läßt. Für Sehenswürdigkeiten, wie diese vielleicht sehr bedeutenden Plastiken dort drinnen, bin ich blind, sie sagen mir nichts.

Auch die Ruine der Kaiserpfalz von Kaiserswerth am Rhein besichtige ich nur, um während der Führung ein neues Nachtquartier auszuspähen. »Gebaut im Jahre ... war die Kaiserpfalz eine der bedeutendsten Festungsanlagen nördlich des Mains«, doziert mir der Geschichtslehrer einer Düsseldorfer Schule ins eine Ohr rein und aus dem anderen wieder raus, »hier wurden zwei deutsche Kaiser gekrönt ...« Leider haben die Franzosen die

Burg im Jahre 1702 so gründlich zerstört, daß sich nirgendwo ein brauchbarer Platz zum Pennen findet.

Vom Düsseldorfer Flughafen, wo ich in der Abflughalle Ausland eine warme, trockene Nacht verbracht habe, führt der schnellste Weg durch die Stadt nach Süden über die Königsallee. Ungeniert tragen hier Frauen spazieren, was ihre Männer jährlich an Steuern hinterziehen: Nerz, Ozelot und Chinchilla haben, lässig über die Schulter geworfen, das ganze Jahr Saison. Blasse Chauffeure warten versteinert in geparkten Limousinen, bis die Herrschaften von der Anprobe zurück sind. Eine zur Mumie geliftete Dame läßt sich vor »Selbach« links, rechts, links auf die dicke Schminke küssen. Die Bettler, die hier alle hundert Meter auf die Knie gegangen sind, sehen mit stumpfem, leblosem Blick durch die Passanten hindurch. Die Pfennige in ihren Hüten, Pappschachteln oder hingereichten Händen lassen sich im Vorbeigehen zählen. Zur erlösenden Rotweinbombe für 2,98 DM reicht es an diesem Vormittag noch bei keinem.

Es treibt mich aus der Stadt, es zieht mich zu Anne Bimberg. In Köln-Weidenpesch, keine vierzig Kilometer von hier, wohnt die lustige Schnapsbrennerstochter, die mich beim Schützenfest in Drüpplingsen an der Ruhr vor etwa zwei Wochen so freigebig mit Johannisbeerlikör abgefüllt hat. Sie gab mir damals ihre Studienadresse in Köln mit auf den Weg, es könnte ja sein, daß ich da mal vorbeikomme.

Der erregende Gedanke, bei diesem fremden Mädchen einzukehren und eine weiche Nacht zu verbringen, hält meine Füße auf Trab. Sie wird mich nicht abweisen können, mich, den mittellosen, heimatlosen, hilflosen Wanderer, auch wenn ich Köln erst mitten in der Nacht erreichen sollte. Jeden Wunsch wird sie mir von den hungrigen Augen ablesen, wie eine Mutter wird sie mich versorgen mit allem, was mir jetzt fehlt, mit Bratkartoffeln, einer Badewanne, einem Bett und vielleicht auch mit Liebe. Immer wieder aufs neue stelle ich mir die Szene vor, wie ich dastehe vor ihrer Tür, die Tür geht auf, und Anne Bimberg strahlt mich an.

Aber Anne Bimberg ist nicht zu Hause. Erst klingle ich zögernd, dann läute ich Sturm, klopfe mit dem Knauf meines Stocks energisch gegen die Tür ihrer Dachgeschoßwohnung im vierten Stock des Mietshauses. Nichts rührt sich, die Tür geht nicht auf, niemand strahlt mich an. Erschöpft sacke ich auf die Stufen, erst jetzt spüre ich die vierzig Kilometer in den Beinen. Sicher ist sie im Kino oder in einem späten Seminar, rede ich mir gut zu, sie kann mich doch jetzt nicht einfach so sitzen lassen.

Mit der Dämmerung verschwimmen die Konturen des Treppenhauses. Das Kinn auf beide Hände gestützt, döse ich dahin, rieche ganz deutlich Bratkartoffeln, werde von Anne Bimberg in die Arme genommen, liege in ihrer Badewanne. Plötzlich reißt mich grelles Flurlicht aus dem Halbschlaf. Ich höre Schritte, sie kommen näher, Schlüssel klimpern, aber dann schlägt unter mir, im zweiten oder dritten Stock, eine Tür, und ich bleibe allein. Nach einer Weile verlöscht das Licht wieder, die Nacht gähnt mich an, doch die Seßhaften sind noch nicht ganz zur Ruhe gekommen: Durch ihre Wohnungstüren dringt der Schrei eines Kindes, eine Lokusspülung rauscht, Eheleute keifen sich an, er nennt sie »Hure«, sie nennt ihn »Schwein«, ein Radio dudelt, Geschirr klappert. Steif vom Sitzen mache ich mich in meinem Schlafsack lang. Die Hoffnung auf Anne Bimberg habe ich aufgegeben, und irgendwie bin ich froh, daß mir nun meine Träume unbeschädigt erhalten bleiben.

Das ferne Rasseln eines Weckers holt mich aus meinem Treppenhausschlaf. Zum Aufstehen habe ich keine Lust, zum Laufen habe ich keine Lust, ich fühle mich so schwer und unbeweglich, als hätte man mich über Nacht eingegipst, der Mund schmeckt nach Fäulnis. Bergisch-Gladbach – der Gedanke macht mich mutlos. Irgendwo auf der anderen Seite des Rheins, weit kann es nicht mehr sein, steht das Haus, das meinem Vater einmal gehört hat, ein neureicher Prachtbau mit allem, was in den sechziger Jahren so dazugehörte: Swimmingpool, Sauna, Bibliothek, Doppelgarage für den ersten und den zweiten Mercedes; sogar ein atomsicherer Bunker war im Keller, mit Notausgang in den Rhododendron. Aber sicher und geborgen war ich dort nie, mein Zimmer hatte für mich eher den Charakter einer Hotelunterkunft. Wenn ich in den Internatsferien herkam, war mein Vater meist auf Geschäftsreise, und meine Stiefmutter mochte ich nicht leiden. Vor über zehn Jahren mußte das Haus verkauft werden, denn mein Vater verlor seinen Direktorenposten. Weil er das üppige Leben nicht lassen konnte, ging er bald pleite.

Widerwillig mache ich mich auf. Köln schläft noch. Eine Zeitungsfrau erklärt mir den Weg nach Bergisch-Gladbach. Auf der Mülheimer Brücke zerrt Feldmann aus einer verregneten Plastiktüte acht dicke, stinkende Schweinekoteletts, die er heißhungrig hinunterwürgt. Mich packt der Futterneid. Ich tröste mich mit der Hoffnung, vielleicht im ehemaligen Haus meines Vaters eine ordentliche Ration zu bekommen, denn da war immer das Beste gerade gut genug: aus Norwegen geräucherte Rentierschinken, aus Mailand rosinengespickter Topfkuchen und aus der Schweiz kartonweise Schokolade. Mein Vater war oft in seiner Geburtsstadt Basel und studierte dort, wohl auch er auf der Suche nach sich selbst, seine Familiengeschichte, die er bis ins 13. Jahrhundert zurückverfolgte. Im »Baseler Hof« hat er sich dann auch umgebracht, und auf dem Baseler Wolfgottesacker liegt er bei seinen Urahnen begraben.

Die Mutzerstraße ist nicht wiederzuerkennen. Wo früher nur wenige Villen am Rande des Bergischen Landes lagen, drängeln sich heute die Wohlstandsbauten. Nach langem Suchen finde ich endlich das alte Holzachhaus. Es unterscheidet sich durch nichts von seinen Nachbarn. Bundesdeutscher Neoklassizismus, mit Marmortreppe und schmiedeeisernen Laternen zu beiden Seiten der Tür. Die Rhododendronbüsche sind groß geworden, das schiefergedeckte Dach ist vom Wetter ein wenig gezeichnet, ansonsten erscheint äußerlich alles so abweisend-prächtig wie früher. Die eigentliche Veränderung aber sehe ich erst, als ich den Daumen schon fast auf der Klingel habe: »Strehl« lese ich da in Messing graviert, »Strehl« und nicht »Holzach«, und mir ist klar, daß ich hier nichts mehr zu suchen habe.

MAIL
پاکستان PAKISTAN পাকিস্তান
40 PAISA
POSTAGE
16TH DEATH A
QUAID
25 DEC. 1876
50 PAISA
PAKI

Helge Timmerberg

Straße nach Indien

Wer das Ekeltraining auf der Toilette des »Puddingshops« absolviert hat, ist fit für den Rest der Reise. Bestialisch zugeschissen und nicht abschließbar ist dieses historische Scheißhaus der Hippiebewegung, schräg gegenüber der Blauen Moschee in Istanbul. Hier haben sie alle gesessen, mit den Haaren bis zum Arsch und 'nem fliegenden Teppich im Kopf und den Träumen von dem, was noch kommen wird. Chai und Kebab, Kamele, Oasen, Badehäuser, Opium, Pissen in der Wüste und am Ende der langen Straße das Tal von Katmandu oder die drei magischen Buchstaben: GOA.

Die Reise nach Indien gehörte zu der Hippiebewegung wie der Dreiblattjoint mit Filter. Der »Puddingshop« in Istanbul war die Kantine der Morgenlandfahrer, der Warteraum zum Orient, der Umschlagplatz für Roadinformationen jeglicher Art. Man erfuhr, wo Hotels für 50 Pfennig zu haben waren, welche Sorte von afghanischem Haschisch was genau bewirkt, wohin man in Indien zuerst gehen sollte und wann. In den Süden um Weihnachten, nach Nepal im Frühjahr, im Sommer Kaschmir, im Herbst Radjasthan, und während sie ihre Karten studierten, ihr Geld zählten und ihre Geschichten erzählten, von Ost und West und Wahnsinn, dröhnte das Gebet des Imam von den Minaretten der Blauen Moschee auf ihre Köpfe nieder wie der Hammer Allahs.

Das ist fünfzehn Jahre her. Jetzt bin ich zurückgekommen, um zu sehen, ob noch etwas übriggeblieben ist von dem alten Traum. Das ist der eine Grund. Der andere: noch einmal über die

Straße fahren, deren Ende ich damals nicht erreichen konnte, weil ein schwuler Zöllner und eine schwere Infektion mich an der iranisch-pakistanischen Grenze gestoppt haben. Später bin ich hin und wieder mit dem Flieger nach Indien gereist, aber irgendwie gilt das nicht. Nach Indien muß man über Land, auf Elefanten, wie Alexander der Große, oder wie dieser deutsche Sportjournalist auf dem Fahrrad, oder wie Jesus zu Fuß. Egal wie, Hauptsache, du kommst rüber mit den Bildern der Berge und der Wüsten in deiner Seele. Dies ist der zweite, der romantische Grund. Und der dritte: Ich bin Journalist, und hier haben wir eine Geschichte, für die man Vorschuß bekommt.

Aber die Puddings gegenüber der Blauen Moschee sind schlechter geworden, und die Gäste hier sind keine Hippies mehr, und sie wollen auch nicht nach Indien. Alternativtouristen sind es, die die Türkei entdeckt haben, weil Griechenland einfach zu teuer geworden ist. Einen Münchner Autoverleiher habe ich heute getroffen. Jahresurlaub. Drei Wochen türkische Mittelmeerküste. Des weiteren einen Krankenpfleger aus Ulm, einen Tankwart aus Bath (England), zwei Angestellte der Deutschen Bank, einen kalifornischen Apotheker und jede Menge Japaner. Alles sympathische Menschen, ich bestreite das nicht, und dann kam am Nachmittag tatsächlich diese organisierte Reisetruppe zur Tür herein. Amerikaner, an die fünfzehn Stück, mit Kameras vor dem Bauch. »This is the world famous Puddingshop«, sagte der Reiseführer, »we have ten minutes time for the hippies.«

So sieht's aus im Istanbul des Jahres 1985, und so geht das nun seit sechs Tagen. Im Puddingshop lasse ich mich besichtigen, auf der Straße muß ich schwule Heroin-Dealer abwimmeln, in meinem Motel belästigen mich türkische Polizisten, und abends liege ich auf diesem lausigen Bett in diesem trostlosen grün gestrichenen Zimmer, für das ich 2.000 türkische Lira bezahlen muß, und hoffe, daß am nächsten Morgen der Österreicher endlich seinen Bus klar bekommen wird. Nichts wie raus aus Istanbul. Keine Stadt für Sex & Drugs & Rock 'n' Roll. Ab 22 Uhr sind die Straßen finster und leer.

Der Mann, an dem meine Hoffnungen kleben, heißt Peter. Ein kleiner, charmanter 25jähriger Mensch aus Wien. Er hat einen D 303, einen dieser zehn Jahre alten Mercedes-Busse. Neben der Blauen Moschee steht die Kiste. Die will er nach Katmandu bringen, weil die Nepalesen für deutschen Schrott immer noch mehr bezahlen als für nagelneue Busse oder Lastwagen indischer Fabrikation.

Peter hat mir erzählt, was er daran verdient, aber er hat mich auch gebeten, kein Spielverderber zu sein. Vielleicht nur so viel: hohes Risiko gleich hoher Gewinn. Und Risiken gibt es auf dieser Strecke inzwischen wahrhaftig genug. Von Räubern in der Osttürkei hört man; Teheran wird bombardiert; maßlose Korruption in Pakistan; Unruhen in Punjab. Fanatische Moslems überall und dazu Straßen, über die man nicht mal Kamele ruhigen Gewissens ziehen lassen kann.

Die klassische Straße der Blumenkinder ist gemeingefährlich geworden, aber so eine Tour zwecks Busverkauf dreimal im Jahr durchgezogen, und man ist aus dem Gröbsten raus. Und was noch wichtiger ist: Eine Fahrt dieser Art macht dich ein für alle mal zum Mann. Die Nepaltrucker sind die letzten Helden dieser Straße, und Peter ist einer von ihnen. Für 120 US-Dollar nimmt er mich mit.

Aber wer zum Teufel ist Mustafa?

Seit einer Woche höre ich diesen Namen als Erklärung dafür, daß es noch nicht losgeht mit unserer Reise. Mustafas Motor ist noch nicht überholt, Mustafas Stoßdämpfer sind noch immer nicht ausgewechselt, Mustafas Bremsen müssen noch gerichtet werden, die Totallackierung dauert länger, als von Mustafa geplant, die Hohlräume in Mustafas Bus sind noch nicht abgedeckt. Hohlräume sind zum Schmuggeln da, und Mustafa ist der Mann, der Peters zweiten Bus nach Nepal fahren soll. Ein paar Wochen später werden wir uns wünschen, auch Mustafa in den Hohlräumen dieses Busses verstecken zu können, denn was dieser 50jährige Türke bringen wird, ist Unglück, Unglück, Unglück. Dieser Muselman zieht das Unglück geradezu an, die beiden sind absolut nicht voneinander zu trennen, das Unglück und Mustafa.

Zehn Tage später.

Peter kocht Spaghetti. Bevor es ans Sterben geht, wollen wir noch einmal was Warmes essen. Wir stehen zehn Kilometer vor Teheran. Die Polizei hat uns geraten, nicht in die Stadt hineinzufahren, weil die ab 22 Uhr wieder bombardiert wird. Da könne man die Uhr nach stellen. Zu beiden Seiten der Straße parken an die 100 Autos mit Teppichen dazwischen und Frauen und Kindern und Männern. Perser, die jeden Abend aus der Stadt flüchten. Drei Bombenangriffe pro Nacht, dann wird gefrühstückt und wieder zur Arbeit nach Teheran gefahren. Hier draußen, sagte einer, sei keine Gefahr.

Wir bezweifeln das. Wir bezweifeln Ausbildungsstand und -standard irakischer Bomberpiloten. Jeder von uns hat genug persönlichen Kontakt mit Arabern gehabt, um zu wissen, daß es für die ein leichtes ist, eine zu bombardierende Stadt um zehn Kilometer zu verfehlen.

Und bei dem Pech, das uns bisher auflauerte, wo es nur konnte, ist es nur logisch, daß heute abend die Todesangst auf dem Programm steht.

Mustafa, dieser Unglückstürke, hat uns in der Türkei nämlich noch mal hundertprozentig drei Tage warten lassen, auf dem kalten Fernfahrerparkplatz bei Sivas, wo die Toiletten zugeschissen waren und nachts deutsche Pornovideos gezeigt wurden. Drei Tage gefroren, Raki gesoffen und gewartet, und als Mustafa endlich zu uns gestoßen war mit seinem Haufen überlackierten Schrotts, fuhr er kurz vor der iranischen Grenze über einen dicken Stein und hatte von da an ein Riesenloch im Tank.

Als nächstes durfte Peter 2.000 DM Bakschisch an türkische Zollbeamte bezahlen, weil die in Mustafas Bus einen Ersatzmotor gefunden hatten, der in seinen Papieren nicht aufgeführt war, was Mustafa ganz in Ordnung fand. »Warum du böse, Peter?« fragte Mustafa scheinheilig. »Türkei Bakschisch zahlen, nix Problem. Türkei nix Bakschisch zahlen, viel Problem. Türkei immer Bakschisch zahlen, du verstehen?«

Und auf der iranischen Seite angekommen, drückte man uns, weil irgendwas mit Mustafas Fahrgestellnummer nicht stimmte, einen Führer aufs Auge, der uns durch den Iran begleiten sollte.

Zwei standen zur Auswahl, ein teurer und ein billiger. Peter nahm den billigen. Ali, 27 Jahre alt, fanatisch und dumm, eine prima Mischung. Zunächst nannten wir ihn »Ali, den Schüchternen«, weil er die Arme immer so hängen ließ, mit nach hinten wedelnden Händen, aber inzwischen heißt er »Ali-Filter«, denn er schnorrt eine Marlboro nach der anderen.

Was noch ein toller Programmpunkt unserer Reise ist: Wir bekommen tagsüber nichts zu essen und nichts zu trinken, und auf der Straße rauchen ist auch nicht. Ramadan. Islamischer Fastenmonat. Scheißegal, ob du Christ bist oder Buddhist oder Nihilist oder Marxist oder Holist oder New-Age-Sympathisant. Wenn du den Ramadan brichst, setzt es Peitschenhiebe. Dasselbe für ein gepflegtes Skat, weil das im Iran unter verbotenes Glücksspiel fällt, und ich bin fast sicher, daß es auch für meine homöopathischen »Schwedenkräuter« die Peitsche gibt, weil die nach Alkohol riechen.

Die Revolutionsgardisten kontrollieren unseren Bus etwa zehnmal am Tag, wobei ich erwähnen muß, daß man mit diesen jungen Männern umgehen kann. Sie kommen, oder besser sie stürmen in den Bus rein, meist zu sechst, in Khakiuniformen, Knobelbecherstiefeln, Franzosenkäppi und mit MPs unterm Arm, und dann bekommen sie jeder eine Marlboro und sind zufrieden.

Mit solchen Leuten muß man sich doch wahrhaftig nicht so rumstreiten, wie das der Stefan immer tut, der zweite Passagier, den Peter in Istanbul aufgenommen hat.

Stefan ist einfach unflexibel. Ein typisch deutscher Aussteiger. Macht Alternativ zum Dogma. Und Alternativ ist zur Zeit dieses Ding, bloß keinem in den Arsch zu kriechen, immer nur die volle Power gleich ins Gesicht. Egal, ob der ein Maschinengewehr unterm Arm trägt oder nicht. Ganz egal. »Hey, Baba, das läuft doch nicht, hier zu sechst in den Bus rein. One, just one, and the rest fuck off! Understand?«

Das ist Stefan. Mitbegründer der Hamburger Beratungsstelle für Kriegsdienstverweigerer, Gründungsmitglied der Grünen, Krankenpfleger. Er hat lange lockige Haare, einen roten Vollbart, und wenn er wütend wird, sieht Stefan aus wie ein wildgewordener Teddybär.

Wenn nur Mustafa nicht wäre.

Denn Mustafa ist schuld daran, daß wir uns jetzt vor den Toren von Teheran auf eine Bombennacht einstellen müssen, statt so schnell wie möglich das Weite zu suchen.

Mustafas Paß läuft nämlich in zwei Tagen aus, und er will ihn morgen auf der türkischen Botschaft in Teheran verlängern lassen. Außerdem glaubt er noch, von irgendeinem iranischen Amt 2.000 Dollar ausbezahlt zu bekommen, weil er die mal eingezahlt hat, und das alles will er an einem Vormittag erledigt haben.

»Hundertprozentig, Peter. Zehn Uhr Mustafa türkisch Botschaft. Halbe Stunde warten. Paß fertig. Dann Mustafa Geld holen. Eine Stunde, vielleicht ein und halbe Stunde. Dann Mustafa fertig und fahren Isfahan. Morgen abend Isfahan. Hundertprozentig.«

So hat der eben rumgetönt, der Unglückstürke, und dann habe ich ihm erzählt, was mir zu Ohren gekommen war. Daß nämlich morgen ein offizieller Feiertag zu Ehren der islamischen Revolution eingeschoben worden ist. Und was sagt er dazu? »Egal. Vielleicht türkisch Botschaft auf. Vielleicht nicht. Inschallah.« Und Ali-Filter sah das Ganze noch ein bißchen schräger. Bomben auf Teheran?! »No Problem. Iran very strong. Irak finished.«

So stehen die Dinge, als Peter mit den Spaghetti fertig ist, und dann gehen wir schlafen. Stefan übrigens zum ersten Mal nicht auf dem Dach des Busses.

Wir überleben die Nacht, ohne aufzuwachen, ein Iraner gibt uns am Morgen die Radionachrichten weiter. Drei Häuser seien von den irakischen Bomben zerstört worden, dreißig Menschen getötet. Dann fahren wir nach Teheran rein, mit dem brennenden Wunsch, Mustafas Paß möge sich bis zum Mittag verlängert haben, damit wir wieder raus sind aus dieser Stadt, bevor es wieder Abend wird. Wir halten an einem kleinen Park sehr nahe dem internationalen Flughafen. Mustafa und Ali machen sich auf den Weg zur türkischen Botschaft, wir warten und schwitzen.

Es ist heiß in Teheran, und der Park ist nicht sonderlich attraktiv. An wirklich jedem Baum hängt ein meterlanges Plakat mit diesem alten strengen Gesicht. Ich mag dieses Gesicht noch weniger als das des Schahs, dessen Bild ich hier vor vierzehn Jahren an jedem Baum, in jedem Geschäft, in jeder Teestube habe hängen sehen.

Seine Offiziere, Geheimpolizisten und Zöllner waren zwar in der Regel auch Arschlöcher, und bei Gott, sie haben mich während meines ersten Aufenthaltes im Irak gelinkt und beleidigt, wo es nur ging, aber sie haben wenigstens nicht den Namen Allahs für ihre Gemeinheiten mißbraucht. Zwecks einer Änderung in meinem Reisepaß haben sie mich damals tagelang durch Teheran gehetzt. Und jetzt glaubt Mustafa, seine Paß- und Geldangelegenheiten an einem Vormittag erledigen zu können.

Nach drei Stunden ist der Türke zurück. Völlig fertig, nach Zigaretten schreiend, in Jammern und Fluchen aufgelöst erzählt er uns, was ihm auf seiner Botschaft widerfahren ist.

»Allah Karim. Mustafa gehen Botschaft. Botschaft zu. Vor Botschaft Mustafa treffen Achmed. Du kennen Achmed, Peter, Aman, dieser Mensch großes Arschloch, dieser Mensch Verbrecher.«

»Was dieser Mensch sagen«, will Peter wissen.

»Achmed Mustafa kaputt machen. Achmed viel Freunde bei Komitee. Achmed sagen, Komitee kommen. Busse prüfen, Opium finden. Du kommen Peter. Dieser Mensch in Hotel Kabir. Du kommen, reden mit diesem Mensch, o.k.?«

Fünf Minuten später sitzen Peter, Mustafa, Ali und ich in einem Taxi, dessen Fahrer wie ein Irrer in Richtung des alten Basars fährt. Das hat sich in Teheran nicht geändert. Sie fahren, als hätten sie einen Skorpion im Schuh. Sie beachten nicht eine Ampel, vor jeder Kreuzung möchte man die Augen schließen, weil von rechts und links erbarmungslos herangedonnert wird. Sie fahren mit 100 Sachen nebeneinander her, durch das heruntergekurbelte Fenster freundlich miteinander plaudernd. Es ist sogar bedeutend schlimmer als in Kairo, was daran liegen mag, daß die Perser seit den Zeiten des Schahs die besten und schnellsten Wagen des gesamten Orients fahren, und das meist unter Dope. Früher rauchten sie Opium, jetzt stehen sie mehr auf Alkohol. Die Perser sind absolut scharf auf Alkohol, und wenn sie keinen kriegen können, dann macht sie Khomeini besoffen.

Jedenfalls ist man in Teheran gut beraten, einen Scheiß darauf zu geben. Gar nicht hinsehen, gar nicht drum kümmern, übers Wetter reden oder über Achmed, diesen Menschen, der Mustafa kaputt machen will.

Peter erzählt mir, daß Achmed ein Türke sei, um die 30 Jahre alt, auch er bringe Busse nach Nepal. Dieser Mensch sei Mustafas Feind, weil Mustafa ihn mal um den lächerlichen Betrag von 300 Dollar gelinkt hat. Letztes Jahr in Katmandu. Und dieser Mensch sei gefährlich, ein richtiger Verbrecher, der nur Klartext versteht.

Dann sind wir auch schon am Hotel »Amir Kabir«, das mitten in der Altstadt liegt und Tradition hat. Das »Amir Kabir« gehört zur Straße nach Indien wie der »Puddingshop« und die verruckten Taxifahrer. Es war die zentrale Hippieabsteige im Iran, stand in allen »Selber-trampen-Reiseführern«, war vor fünzehn Jahren auch mein Hotel, und jetzt sieht es aus wie eine Ruine. Khomeini-Anhänger haben Bomben reingeworfen, weil es ein Ausländerhotel gewesen ist. Die Fenster der gesamten Vorderfront sind zerschlagen, zwei Stockwerke hoch. Die Geschäftsleitung hat die zerstörten Zimmer nicht wieder herrichten lassen und vermietet jetzt nur noch einen einzigen, unbeschadet verbliebenen Raum im zweiten Stock. Da wohnt Achmed. Da gehen wir rein.

Der Türke beeindruckt mich sofort. Eine lange, hagere Gestalt, ein mächtiger schwarzer Schnauzbart, schnelle Augen, wenige

Zähne. Er erschreckt kein bißchen, als wir zu viert sein Zimmer stürmen, bleibt ruhig auf seinem Bett sitzen und bittet uns freundlich, Platz zu nehmen. Dann bestellt er über das Zimmertelefon Tee für seine Gäste. Der Zimmerservice kommt wenige Augenblicke später mit einer MP in der Hand. Ein Revolutionsgardist, der nicht so aussieht, als würde er für 'ne Marlboro vom Glauben abfallen. Jetzt können wir in Ruhe reden.

Tatsächlich geht es Achmed um die lächerlichen 300 Dollar vom letzten Jahr. So was vergißt ein Türke nicht, und damit ihn Mustafa in Katmandu dieses Mal nicht nochmal linkt, muß Achmed mindestens zwei Wochen vor Mustafa in Nepal sein. Deshalb hat er seine Freunde vom Komitee gebeten, unsere Busse 20 Tage aufzuhalten. Natürlich tut es ihm schrecklich leid, daß Peter jetzt in der Sache mit drinhängt, denn gegen Peter hat er nichts, aber jeder muß selbst wissen, mit welchen Partnern er sich zusammentut.

Peter wiederum versteht ganz und gar nicht, warum man sich unter Kollegen solche Schwierigkeiten bereitet. Er betreibe sein Geschäft und Achmed das seine, und beide wüßten zuviel von den Geschäften des anderen, als daß sie sich ernsthaft verfeinden sollten. »Du hast die guten Verbindungen im Iran«, sagt Peter, »aber in Indien bist du als Türke eine Null, und Katmandu ist meine Stadt. Da kenne ich jeden wichtigen Menschen. Weißt du, was passiert, wenn ich gegen dich in Katmandu intrigiere? Dann kannst du da nicht mal mehr eine Banane verkaufen.«

Eine gute Stunde später bangen wir wieder in einem Taxi um unser Leben. Die Türkenintrige hat sich entspannt, wenn auch nicht geklärt. Peter und Achmed konnten sich einigen, aber der MP-Mann wollte nicht versprechen, daß die Aktion wirklich abgeblasen werden würde, weil er nicht der Boß vom Komitee sei.

Mustafa ist furchtbar erregt. Ein Messer will er Achmed in den Bauch jagen, wenn sie wieder daheim in Istanbul sind. Vor dem Gefängnis hat er keine Angst.

»Mustafa alter Mann. Mustafa bald kaputt. Gefängnis egal. Messer in Bauch von Achmed.«

Und Ali wird plötzlich größenwahnsinnig. Er sei es, der hier zu bestimmen habe, und nicht das Revolutionskomitee. Er besitze die Zollpapiere und Transitschreiben für die Busse, und er werde Mustafa helfen, wenn Peter es nicht täte, denn Mustafa und Ali seien Freunde, seien Moslems.

Peter fragt den Moslem, was er denn machen wolle, nachdem ein gutes Dutzend MG-Männer ihn in den nächsten Zaun geworfen hätten? Und Ali antwortet, daß er wichtiger sei als diese Männer, denn er sei nicht nur ein Publizistikstudent, der in seiner Freizeit für den Zoll arbeite, nein, er sei auch, und vor allem, der bekannteste Denunziant im Lande. Er habe einiges Ansehen beim Komitee.

Ali, der Schüchterne, Ali-Filter, Ali, der Denunziant. Die Leute, die er anzeigt, werden gefoltert. Mein Gott, ich habe genug von diesem Ali und von diesem Mustafa und von diesen Bussen, an denen die Pest klebt, und als Peter mir dann noch verrät, was das für ein Geschäft ist, das Achmed betreibt, habe ich endgültig genug von allem. Von diesem Land, von der religiösen Heuchelei, von der Schlechtigkeit der Menschen überhaupt. Achmed schmuggelt Whiskey für das Revolutionskomitee.

Die saufen sich zu, weil das Auspeitschen von Alkoholkonsumenten so anstrengend ist – oder sie verkaufen die Ware. Für eine Flasche Whiskey werden im Iran 375 US-Dollar auf den Tisch gelegt. Ein verdammt lohnendes Geschäft und ein sicheres dazu. Denn wer kontrolliert die Revolutionsgardisten? Die reguläre Polizei hat nichts als Angst vor Khomeinis Spezialgarde, das Militär hat genug damit zu tun, Kinder im Heiligen Krieg zu verfeuern, und die Mullahs schleichen in ihren langen Gewändern durch die Straßen und predigen Krieg bis zum totalen Sieg.

Aber mein Atem ist mir wichtiger als die Torheiten dieser schlechten Propheten, und in der Kühltruhe von Peters Bus liegen meine zehn hochempfindlichen Diafilme, die ich nicht gekauft habe, damit sie von besoffenen Hütern der Revolution auf dem Schwarzmarkt verscheuert werden, und deshalb werde ich mich wenigstens für heute nacht absetzen. Ein billiges Hotel in der Altstadt werde ich suchen, und zwar schnell, denn in drei Stunden kommen die irakischen Bomber, danach kann man die Uhr stellen.

Eine Stunde später. Das Hotel ist alt und wackelig, eng an ähnlich alte und wackelige Häuser angeschmiegt, und es ist schön. Es hat einen kleinen Innenhof, um den herum die Zimmer liegen, Wäsche hängt über den Balustraden, es wird gekocht, es riecht nach Chai, fast alle Türen stehen offen. Ich bekomme ein Zimmer im ersten Stock, meine Nachbarn lerne ich bereits nach fünf Minuten kennen. Ein junger Mann, so um die 30 Jahre alt und seine Frau, die ihre langen schwarzen Haare offen trägt und keinen Schleier hat.

Sie laden mich zu einem Tee auf ihr Zimmer – ein Raum, nicht viel größer als das Bett, auf das wir uns setzen. Zu meiner großen Verwunderung höre ich, daß die beiden Iraker sind. Irakische Kurden, die auf ihrem Weg nach Deutschland vor den Revolutionsgardisten in Teheran festgenagelt worden sind. Man hat ihnen die Pässe weggenommen, sie dürfen die Stadt nicht verlassen. Seit sieben Monaten. Auf der Straße werden sie von den Persern angespuckt, nachts kommen die Bomber aus der Heimat.

Die deutsche Botschaft könnte ihnen mit einem Einreisevisum helfen, aber die Deutschen helfen nicht.

Trotzdem bekomme ich ein zweites Glas Tee und Süßigkeiten. Kinder schauen zur Tür herein, ich mache Fotos, wir tauschen Adressen, die Frau schenkt mir ein Bild von sich und ein anderes Bild von ihrem Bruder, der gehenkt worden ist, und dann geht plötzlich das Licht aus.

Die Bomber kommen.

Die Iraner stellen die Elektrizität in der gesamten Stadt ab, sobald ein Angriff bevorsteht. Ich halte mein Glas in der Hand, weiß nicht, was ich tun soll. Die Irakerin sucht nach einer Kerze, die Kinder laufen zu ihren Eltern. Dann ist das Licht wieder an.

Falscher Alarm. Anscheinend haben die Bomberpiloten kurz vor Teheran abgedreht und sind nach Isfahan weitergeflogen. Das kommt vor. Aber mir sitzt der Schreck im Bauch. Ich will keinen Tee mehr, wünsche meinen Gastgebern eine gute Nacht und gehe auf mein Zimmer. Sobald ich im Bett liege, schlafe ich ein.

Bumm.

Das Haus wackelt, das Licht ist aus, der Ventilator schweigt. Überall Stimmen. Noch mal Bumm. Das war sehr nahe. Ein Einschlag, nur wenige Häuser entfernt. Die Stimmen sind jetzt sehr aufgeregt. Ich springe aus dem Bett, ziehe mir die Hose über, verlasse den Raum. Die Stimmen kommen vom Dach, und ich gehe hinauf. Der Besitzer des Hotels ist dort, sein Bruder und all die Leute, die sowieso auf dem Dach schlafen. Sie machen Scherze, als wäre es ein Feuerwerk, was hier am Himmel passiert. Die iranische Flugabwehr schießt mit Leuchtraketen. Rote Kaskaden mit langem Schweif und verspielten Eruptionen. Sieht wirklich aus wie ein Silvesterspaß. Aber man hört dieses Brummen der irakischen Flugzeuge, und zwischen dem hektischen pap, pap, pap der roten Abwehrraketen hört man die Detonationen der Bomben. Diesen satt, dumpfen Sound, wenn ein Gebäude in die Luft fliegt.

Bumm, bumm.

Bumm, bumm. Ich gerate ein ganz klein wenig in Panik. Die Iraker werfen pro Angriff nicht mehr als ein Dutzend Bomben ab, und die Chance, in dieser riesigen, weitläufigen Stadt getroffen zu werden, ist geringer, als im Taxi zu sterben. Darum können die Perser auch darüber lachen. Sie erleben jede Nacht ein Schauspiel und leben immer noch. Aber ich habe Angst. Ich muß auf die Toilette, unten, im Hof. Rauchend hocke ich dort, mit einem brennenden Streichholz in der Hand, über den Fliesen. Rote Blüten sind darauf gemalt. Ich weiß, daß selbst, wenn das Licht gleich wieder angeht, die Bomber noch einmal kommen werden in dieser Nacht. Und ich betrachte plötzlich die Blüten auf den Fliesen mit seltener Intensität.

Der nächste Tag bringt eine Überraschung. Mustafa hat seinen Paß verlängert bekommen. Gegen Mittag können wir Teheran verlassen. Wir nehmen die Südroute nach Pakistan. Das bedeutet für uns rund 1.600 Kilometer Salzwüste, und bereits 100 Kilometer hinter Teheran brettert der pure Terror vom Himmel, und weil wir keine Air Condition haben, ist es im Bus noch mal um einiges unerträglich heißer als draußen. Natürlich kann man die Fenster öffnen, um sich am Fahrtwind zu erfrischen, nur ist der Fahrtwind so heiß wie ein Fön und noch dazu voll mit Sand, und ich liege die meiste Zeit des Tages irgendwo im Bus und versuche zu atmen.

Des Nachts kühlt es über der Wüste ganz gut ab, der Fahrtwind bringt Erfrischung, der Kreislauf meldet sich zurück, und es wäre ein angenehmes Fahren, aber Mustafa ist ein alter Mann, der regelmäßigen Schlaf benötigt. Außerdem gibt er merkwürdige Theorien bezüglich des Fahrverhaltens auf einer schnurgeraden, breitausgebauten und asphaltierten Wüstenpiste zum besten. Hier, wo jedes Hindernis, jede Kurve, jeder entgegenkommende Wagen auf einen Kilometer im voraus zu erkennen ist, gerade hier habe man langsam zu fahren. So an die 50 Stundenkilometer.

Türkische Busfahrerregeln: »Einfache Straße, viel geradeaus: gefährlich. Langsam fahren. Schwere Straße, viel Kurven: schnell fahren.«

Eine interessante Theorie für alle Lebensbereiche. Wobei gar nicht erwähnt zu werden braucht, daß Mustafa in Wahrheit nur deshalb so rumspinnt, weil sein Dieselmotor noch schlimmer hustet als er selbst, und das einzig Tröstende dabei ist, daß »Ali-Denunziant« geröstet wird, weil Mustafa, um seinen Motor zu schützen, mit vollaufgedrehter Heizung fährt. So brauchen wir für diese Strecke über Gom, Isfahan und Kerman volle drei Tage, bevor wir Zahedan erreichen, die letzte iranische Stadt vor der pakistanischen Grenze.

Eigentlich habe ich mich auf Zahedan gefreut, weil ich gute Erinnerungen an diese Stadt habe.

Hier lag ich vor fünfzehn Jahren mit einer Elephantiasis im Krankenhaus. Das ist eine Infektionsgeschichte, bei der die Ober- und Unterschenkel unter irrsinnigen Schmerzen anschwellen, bis schließlich die Beine platzen. Ohne jemals nach Geld gefragt worden zu sein, hat man mich damals im Krankenhaus zu Zahedan aufgenommen, behandelt, gefüttert und umsorgt, als sei ich der Schah von Persien gewesen und nicht ein abgerissener, bettelnder Hippie, der an einer Bushaltestelle schlechtes Wasser getrunken hatte.

Eine wunderschöne, schwarzhaarige Krankenschwester hat mir alle zwei Stunden eine Ladung Penicillin in den Hintern gejagt und dann meine Haare gestreichelt, die sie golden nannte, und der Polizeichef der Stadt, der in dem Krankenhaus eine Gelbsucht auskurierte, bot mir eine Tochter zur Frau und eine Stellung als Polizeioffizier. Ich sollte sein Schwiegersohn, sein Stellvertreter, sein Nachfolger werden. Wie sich später herausstellte, tat ich damals gut daran, diese Offerte abzulehnen, aber denken tu ich immer noch gern an diese Tage der Gastfreundschaft im südlichsten Zipfel des Iran.

Doch auch hier hat Khomeinis Propaganda Haß geschürt auf alles, was aus dem Westen kommt. An einer Werkstatt werfen Kinder mit Steinen nach mir, und die Jungs, die uns zwei Reifen auswuchten sollen, zerstören diese, während wir in einem Restaurant auf etwas zu essen warten. Wir warten sehr lange, weil die Bedienung uns nicht wahrnehmen will.

Auf der iranischen Seite ist wenig los. Kein Wechselbüro, keine Cold Drinks, drei graue Betonbauten, Wüste, Hitze, Staub, ein paar lahmarschige Zöllner. Wir werden von einem jungen schwarzbärtigen Revolutionsgardisten abgefertigt, der auf Zeitlupe geschaltet hat. Die Aktion, meinen Paß von der Außenkante seines Schreibtisches zu sich heranzuziehen, nimmt etwa eine Minute in Anspruch, das Visum darin zu finden, dauert schon fünf Minuten, dieses Visum von allen Seiten zu betrachten, nochmals fünf Minuten, und dann muß sein Kugelschreiber aus der Schublade geholt werden, wozu immerhin sechs Arbeitsgänge notwendig sind: Schublade auf, Kugelschreiber suchen, Kugelschreiber finden, Schublade schließen, Kugelschreiber betrachten, Kugelschreiber in Schreibposition bringen, Kugelschreiber wieder weglegen, weil die Mittagspause beginnt.

Zwei Stunden braucht der Typ nach der Pause für vier dämliche Eintragungen, und wir müssen dazu freundliche Gesichter machen, weil er diese Aktion auch ohne Probleme über zwei Tage strecken könnte. Dann fahren wir durch ein großes Tor und sind auf der pakistanischen Seite der Grenze.

Ein anderer Stern, Bretterbuden, Zelte, Hunde, Ziegen, Kamele, Fliegen, jede Menge Cold Drinks und jede Menge Verbrecher. Hundertprozentige Verbrecher, wie Peter sagt. Schmuggler, Diebe, Geldwechsler, Drogenhändler, Waffenschieber, Polizisten, Zollbeamte. Allesamt überaus freundlich und immer für Späße zu haben.

Die Zollbeamten zum Beispiel bieten uns zunächst einmal Chai an. Milchreis, süß und heiß, in »zartem« Porzellan serviert. Das Zollhaus ist geräumig und auffallend gut eingerichtet, der Ventilator dreht angenehm schnell. Was den Beamten hier noch fehlt, ist ein Kühlschrank für die Küche, und darum beschlagnahmen sie, nachdem wir den Tee ausgetrunken haben, den 200-Liter-Kühlschrank aus Peters Bus. Wofür sie sich natürlich lang und breit entschuldigen. Einc Art neues Gesetz, wir mußten verstehen.

Seit einer Woche dürften keine Kühlschränke mehr nach Pakistan hineingenommen werden. Ob sie sonst noch was benötigen würden, will Peter wissen, worauf wieder herzlich und viel gelacht wird, und dann gehe ich mit Stefan zum nächsten Geldwechsler ins Dorf. Ein hochgewachsener, schlanker Mann, so um die 40, der einen Taschenrechner von Sony bei sich trägt. Darauf stippt er lächelnd seinen Kurs ein. 1 DM gleich 4 Rupee. Stefan nimmt dem Mann den Sony weg und tippt 1 DM gleich 4,50 Rupee. Der Pakistani lächelt und tippt aufs neue. 1 DM gleich 4. Wir warten, daß sich hinter dem Punkt noch etwas tut. Aber da tut sich nichts. »Hey, Baba, was soll der Scheiß«, sagt Stefan und tippt ihm 4 Punkt 25 auf den Rechner. »Aaah«, sagt der Baba und tippt wieder: 4 Punkt und Schluß. »Okay«, sagt Stefan, »4 Rupee für die Mark plus zwei Cold Drinks und ein Turnpiece Haschisch.« Der Paki lacht nun aus vollem Halse. 4 Punkt Schluß. Wir geben auf, wechseln 100 DM für 400 Rupee und gehen zu den Bussen zurück, aus denen gerade zwei Küchenhilfen des Zollbüros unseren Kühlschrank wegschleppen.

Am Abend machen wir uns noch einmal auf den Weg ins Dorf. Wieder treffen wir den freundlichen Geldwechsler. Diesmal sitzt er mit seinem Bruder auf einen Teppich vor seiner Hütte. Zwei Öllampen brennen.

Der Mann winkt uns heran, bittet uns, Platz zu nehmen, läßt sich von einem jungen zwei Cold Drinks bringen und schenkt uns, lachend, ein Stück wunderbar schwarzes, biegsames, afghanisches Haschisch.

Nur wenig später sitzen Peter, Mustafa, Stefan und ich vor unseren Bussen und erfüllen ein Gelübde. Sobald wir in Pakistan sind, so schworen wir vor nunmehr drei Wochen im Angesicht der Blauen Moschee, wird eine gewaltige Tüte geraucht. So geschieht es, und plötzlich fühlt sich die Hitze auf unserer Haut wie warmer Sand an, Millionen Sterne funkeln über der Wüste, und wir baden in dem süßen Saft einer phänomenalen Wassermelone.

Von nun an wird alles anders, von nun an nimmt die Reise einen glücklichen und reibungslosen Verlauf, und die Vermutung liegt auf der Hand, daß jenes Pech, das uns bis Pakistan verfolgt hat, nicht an Mustafa klebte, sondern an dem 200-Liter-Kühlschrank, der nun in der Küche des nahen Zollhauses von den Zöllnern lautstark und ausgelassen gefeiert wird, während Stefan die zweite Tüte baut.

Paul Bosman 1980
Acinonyx jubatus
swa 10c
Paul Bosman 1980
Acinonyx jubatus

Nigel Barley

Auf dem Tiefpunkt

Die folgende Phase meines Aufenthalts bei den Dowayos war ohne Zweifel die unerfreulichste Zeit, die ich je irgendwo erlebt habe, eine Zeit, in der ich mich der Sünde wollüstiger Verzweiflung ergab.

Den Anfang vom Ende bildete mein Entschluß, nach Garoua zu fahren, um Verpflegung zu besorgen. Den Entschluß faßte ich keineswegs freiwillig; ich hatte nichts mehr zu essen, kaum genug Benzin, um es bis nach Garoua zu schaffen, und noch gerade fünfzehnhundert Francs (etwa 12 Mark). Solche Umstände sind kühnen Entschlüssen förderlich. Ich hatte Augustin versprochen, ihn mitzunehmen, und wir trafen uns bei Tagesanbruch heimlich hinter der Hauptstraße, in der Hoffnung, uns aus der Stadt fortschleichen zu können, ohne bis zum Dach mit Hirse oder mit Gendarmen vollgestopft zu werden, die hinter einer Mitfahrgelegenheit her waren. Ein rascher Sprint brachte uns aus der Reichweite der Stadt, und dann überließen wir uns dem Stoßen und Ruckeln des Autos, während wir das schlechteste Stück der Straße bis zum Beginn der asphaltierten Strecke entlangkrochen. Wir schafften es nicht bis dahin. Ungefähr acht Kilometer vor dem Ziel fuhr ich um eine Kurve und mußte feststellen, daß der Regen die Straße schlicht zum Verschwinden gebracht hatte. Es ist ein übles westliches Vorurteil anzunehmen, daß eine Straße, die eine Biegung macht, am anderen Ende der Biegung weitergehen muß. Mit einem entsetzlichen metallenen Knirschen krachten

 Aus dem Englischen von Ulrich Enderwitz

wir in einen halbmetertiefen Graben, der quer durch die Fahrbahn verlief.

Es war sofort klar, daß mit der Lenkung etwas nicht mehr stimmte. Sie jaulte und grummelte und weigerte sich stur wie ein Esel, Einfluß auf die Stellung der Räder zu nehmen. Da ich bislang als Jung-Dozent mein Leben gefristet hatte, verstand ich herzlich wenig von Autos und wußte nicht, was ich anfangen sollte. Es war klar, ich brauchte Hilfe. Normalerweise ging man zu Herbert Brown, wenn es irgend etwas zu reparieren galt. Von seinen technischen Fähigkeiten erzählte man sich Wundergeschichten. Aus zwei Kleiderbügeln und einem alten Pflug konnte er ein Getriebe herzaubern. Seine technischen Lösungen waren nie elegant, funktionierten aber häufig. Er pflegte sie seinen Kunden mit der Bemerkung zu übergeben: »Es ist nur ein Haufen Schrott, aber hier draußen funktioniert sowieso nichts lange.« Nur leider war Henry Brown nicht da. Es half alles nichts, ich mußte nach Garoua. So schoben wir das Fahrzeug an den Rand der Fahrbahn, setzten unseren Weg zu Fuß fort und hielten ein Busch-Taxi an, als wir die asphaltierte Straße erreichten. Die Aufschrift auf der Wagentür »Gottes Wille geschehe« faßte ich damals noch nicht als böses Omen auf.

Wir befolgten peinlich genau die Anordnungen, die im Wageninneren aufgemalt waren und durch die wir angewiesen wurden, nicht auszuspucken, nicht zu streiten, uns nicht zu übergeben und keine Scheiben zu zerschlagen. So kamen wir ohne weitere Zwischenfälle in Garoua an. Mittlerweile war es fast Mittag und Augustin nahm mich zum Essen in sein afrikanisches Lieblingsrestaurant mit, wo man nur die Wahl hatte, das Gericht, das einem vorgesetzt wurde, zu essen oder es bleiben zu lassen. Ich entschied mich fürs Bleibenlassen. Man brachte mir eine

Kuhhaxe in einer großen Emailschüssel mit heißem Wasser. Wenn ich »Kuhhaxe« sage, meine ich nicht ein Stück Fleisch mit Knochen, das aus dem Fuß einer Kuh stammt, sondern ich meine den ganzen Fuß in voller Größe, einschließlich Huf, Fell und Haaren. Ich mochte mir noch so große Mühe geben, ich fand keinen Weg, ins Innere einzudringen. Ich behauptete, plötzlich keinen Appetit mehr zu haben. Augustin schnappte sich das Stück und nagte es mit der Hingabe eines Termitenschwarms bis auf die Knochen ab.

Zwei nennenswerte Erfolge konnte ich auf dieser Fahrt verbuchen. Erstens gelang es mir, ein bißchen Geld aus der Bank herauszukitzeln, der ich so übereilt meine Einkünfte anvertraut hatte. Zweitens verabredeten wir mit dem Mechaniker des Unterpräfekten, daß er mit uns zurück nach Poli fuhr. Ich hielt das törichterweise für einen sagenhaften Glücksfall. Nachdem wir stundenlang wegen allerhand unverständlicher Besorgungen in den von Fulbe bewohnten Stadteilen herumkutschiert worden waren, machten wir uns endlich auf den Weg nach Poli. Die Straße ist sehr schmal und wird von riesigen Lastzügen benutzt, die Baumwolle und Benzin zwischen dem Tschad und Ngaoundéré hin und her transportieren. Als wir eines dieser Monster überholten und uns dabei dem linken Straßenrand soweit näherten, daß die Räder nur noch Zentimeter von dem ca. einen Meter breiten Straßengraben entfernt waren, bemerkte ich zu meinem Entsetzen, daß der Fahrer die Augen fest zugemacht hatte.

Immerhin erreichten wir bei Einbruch der Dunkelheit unversehrt mein verlassenes Auto. Er besah sich rasch den Schaden. Kein Problem; ein paar Schläge würden genügen. Er kroch unter den Wagen, und man hörte das Dröhnen von Metall auf Metall und Laute, von denen ich annahm, daß es fulbische Flüche waren.

Strahlend tauchte er wieder auf. Völlig in Ordnung sei es nicht, aber bis nach Poli werde es schon halten, und dorthin könne ich mir dann ein Ersatzteil schicken lassen.

Ich war ehrlich froh, stieg mit Augustin ein und fuhr in gemächlichem Tempo los. Die Lenkung wirkte in der Tat ein bißchen merkwürdig, funktionierte aber, wenn auch bloß ungefähr. Die Straße war übersät mit Eulen. Sie saßen gewöhnlich auf dem Asphalt, flogen hoch, wenn sich ein Auto näherte, und gingen auf die Scheinwerfer los. Sie kamen auf den Straßen scharenweise um. Den Dowayos jagen sie Furcht und Schrecken ein. Beim nächtlichen Ausflug tragen die Eulen angeblich bösen Zauber unter ihren Schwingen. Wenn ein Mann eine Eule in der Umgebung seines Anwesens oder seiner Rinder schreien hört, bemüht er sich augenblicklich um einen Gegenzauber.

Wir kamen oben auf der Höhe an, von der es hinunter nach Poli geht, und begannen die Abfahrt. Erst als wir uns einer schmalen Brücke näherten, die über eine Schlucht führt, merkte ich, daß die Lenkung wieder kaputt war. Ich hatte gerade noch Zeit, an die scharfen Spitzen beiderseits der Brücke zu denken – die Reste des Brückengeländers, das ein Unfall weggerissen hatte, bei dem an eben dieser Stelle vor einigen Jahren der Unterpräfekt ums Leben gekommen war. Wir stießen gegen einen Baum, prallten ab, rammten einen Felsen und fuhren geradewegs auf die Schlucht zu. Ich stand die ganze Zeit auf den Bremsen, aber ohne nennenswerten Erfolg. Einen Augenblick lang hingen wir über dem Abgrund, dann kippten wir hinunter.

Ein junger Baum fing uns elegant auf und klappte unter dem Gewicht des Fahrzeugs langsam zusammen. Völlig ruhig stellte ich den Motor ab, fragte Augustin, ob bei ihm alles in Ordnung sei, und verließ das Fahrzeug. Oben, am Rand der Schlucht, war es dann mit der Selbstbeherrschung plötzlich vorbei: Wir saßen da, blickten auf die gezackten Felsen und lachten hysterisch – natürlich nicht aus Amüsement, sondern weil uns ein Schwall schierer Erregung überflutete, worin sich nacktes Entsetzen, ungläubiges Staunen und Erleichterung mischten. Ich vermute, wir saßen ziemlich lange dort. Fürs erste schienen wir noch ziemlich glimpflich davongekommen. Augustin hatte einen Bluterguß am Brustkasten. Ich war mit dem Kopf aufs Lenkrad aufgeschlagen, und ein paar Zehen, Finger und Rippen schienen gelitten zu haben. Wir pilgerten in die Stadt und machten uns über ein paar Bier her, die Augustin für äußerste Notfälle bereithielt. Wir hatten das Gefühl, uns die Biere verdient zu haben.

Am nächsten Tag wurde mir das ganze Ausmaß der Katastrophe klar. Eine Besichtigung des Wracks brachte mich zu der Überzeugung, daß die Reparatur ein langwieriges und kostspieliges Unternehmen werden würde und daß wir uns in der Tat glücklich schätzen konnten, ohne größere Verletzungen davongekommen zu sein. Wir ließen uns vom örtlichen Arzt untersuchen, der uns beide für unbeschädigt erklärte. Die Tatsache, daß ich immer noch merkwürdig verbogene Finger und Zehen sowie einen Huppel auf zweien meiner Rippen habe, bringt mich zu dem Schluß, daß dem Doktor bei seiner Untersuchung ein paar kleinere Brüche entgangen sein müssen. Am schlimmsten stand es um meinen Unterkiefer. Zwei Vorderzähne wirkten stark gelockert, und meine ganze Kinnlade begann anzuschwellen und verursachte mir beträchtliche Schmerzen.

Ich hoffte das Beste, kehrte nach Kongle zurück und fuhr fort mit meinen Untersuchungen über Leoparden und Wildkatzen. Um nachts einschlafen zu können, schluckte ich Valium.

Meine Kinnlade allerdings wollte nicht verheilen; im Gegenteil, ihr Zustand verschlimmerte sich. Mein Zahnfleisch hatte begonnen, eine unerfreuliche Mischung aus Blut und Eiter abzusondern. Es war an der Zeit mich in Behandlung zu begeben. Ich machte an der Missionsstation halt und traf dort Herbert Brown an, der mit Freuden vernahm, wie Afrika alle meine Vorstellungen über den Haufen geworfen hatte, weil er sich dadurch in seinen eigenen düsteren Ansichten vom Schwarzen Kontinent bestätigt sah. Er war bereit, am Auto einen Reparaturversuch zu unternehmen, konnte aber nicht genau sagen, wann er fertig sein würde. Hätte ich gewußt, daß die Sache neun Monate dauern würde, wäre meine Dankbarkeit weniger überschwenglich ausgefallen. Aber so, wie die Dinge lagen, hatte ich das Gefühl einer wenigstens vorläufigen Erleichterung und ließ mich vom Postauto nach Garoua mitnehmen.

Warum der Fahrer des Postautos so überaus ungern Weiße beförderte, konnte ich nie verstehen; jeden anderen nahm er gegen ein kleines Entgelt mit. Bei Weißen berief er sich auf Beförderungsvorschriften, als wären sie die Heilige Schrift, und lehnte rundweg ab. Manchmal legte ein mir wohlgesonnener Gendarm bei ihm ein gutes Wort für mich ein, aber der ganze Aufwand, den es kostete, wenn man ohne eigenes Fahrzeug aus Poli heraus wollte, trug gewaltig dazu bei, einem das Leben zu vergällen. Aber schließlich kam ich doch in Garoua an, wo sich, wie mir versichert worden war, ein Zahnarzt herumtrieb, von welcher Spezies es in Kamerun nur noch ein weiteres Exemplar gab, das sich in der Hauptstadt aufhielt. Nach zahlreichen fruchtlosen Begegnungen mit angeblichen Zahnärzten mutmaßlich rotchinesischer Herkunft, die sich als Traktorfahrer entpuppten, machte ich endlich im dortigen Krankenhaus den Gesuchten ausfindig.

Da ich mich vom Bewußtseinszustand eines windelweichen Liberalen westlicher Prägung immer noch nicht emanzipiert hatte, stellte ich mich hinten in der Schlange an und wartete. Nach einiger Zeit erschien ein französischer Geschäftsmann. Er boxte sich nach vorne durch und reichte der Krankenschwester 500 Francs. »Gibt es hier einen weißen Zahnarzt?« fragte er. Die Schwester zögerte: »Er ist nicht weiß, aber er kommt aus Frankreich.« Der Herr in der Fremde ließ sich das durch den Kopf gehen und zog wieder ab. Ich blieb.

Sobald sich die Praxistür öffnete, wurde ich von den wartenden Afrikanern nach vorn geschubst, so daß ich als erster an die Reihe kam. Drinnen entdeckte ich eine gewisse Anzahl abgenutzter zahnärztlicher Gerätschaften sowie eine große Urkunde der Universität von Lyon, die mich wieder ein bißchen Mut schöpfen ließ. Dem Riesen, den ich dort vorfand, erklärte ich mein Problem. Er machte nicht viel Federlesens, packte eine Zange und zog mir zwei Vorderzähne. Ich war von dem unerwarteten Eingriff so überrascht, daß ich die Schmerzen der Operation gar nicht recht mitbekam. Die Zähne, erklärte der gute Mann, seien verfault. Möglicherweise, deutete er dunkel an, seien sie immer schon verfault gewesen. Er habe sie gezogen, und ich sei nun geheilt. Das Honorar solle ich der Schwester draußen übergeben. Ich saß verdutzt im Stuhl, während mir vorne über das Hemd Blut strömte, und versuchte dem Mann klarzumachen, daß er nun den zweiten Behandlungsschritt in Angriff nehmen konnte. In einer fremden Sprache ohne Vorderzähne zu argumentieren, ist nicht so einfach; ich brachte nicht viel zuwege. Schließlich hatte er immerhin begriffen, daß ich ein schwieriger Patient war. Also gut, erklärte er eingeschnappt, wenn ich nicht zufrieden mit seiner Behandlung sei, dann müsse der Zahnarzt selber kommen. Er verschwand und überließ mich dem Rätselraten, wer dann eigentlich an mir herumoperiert hatte. Ich war augenscheinlich dem Köhlerglauben aufgesessen, daß es sich bei jemandem, der sich in einer Zahnarztpraxis herumtrieb, einen weißen Kittel trug und Zähne zog, notwendig um einen Zahnarzt handeln müsse.

Ein zweiter Mann erschien, ebenfalls im weißen Kittel. Ich beeilte mich, ihn zu fragen, ob er der Zahnarzt sei. Er bejahte. Der Mann von vorher sei sein Techniker; er repariere auch Uhren. Eine Brücke, um die Lücke in meinem Gebiß zu schließen, sei eine teure Angelegenheit. Die Sache sei sehr schwierig und erfordere großes Geschick. Das Geschick habe er. Ich versuchte ihm zu erklären, daß ich nicht arbeiten könne, wenn ich nicht zu reden imstande sei. Wenn ich nicht arbeiten könne, könne ich ihn auch nicht bezahlen. Er heiterte sichtlich auf. Ich solle am Nachmittag wiederkommen. Er werde eine Vorrichtung aus Plastik anfertigen. Als geschätzter Patient hatte ich Anspruch auf eine Betäubungsspritze. Er spritzte mir Novokain ins Zahnfleisch. Als postoperative Behandlung wirkte das etwas merkwürdig, aber ich war schon zu sehr am Boden zerstört, um mich darüber noch aufzuregen.

Während der Wartezeit, die mir lang wurde, lief ich mit Zahnlücke und entblößten Lefzen in Garoua herum. Wer mir entgegenkam, wechselte auf die andere Straßenseite, um mir auszuweichen. Meine Brust war derart blutig, daß es aussah, als wäre ich tödlich verwundet. Argwöhnischen Gendarmen, die mich irgendeiner greulichen Bluttat verdächtigten, konnte ich nur lispelnd und stotternd Auskunft geben.

Am Nachmittag ging ich in die Praxis zurück und nahm zwei Plastikzähne in Empfang, die gefährlich auf der Zahnleiste schwankten, sowie eine Flasche mit einer rosafarbenen Flüssigkeit, die ich zum Gurgeln nehmen sollte. Man knöpfte mir das Zehnfache des staatlich festgelegten Behandlungstarifs ab, aber es blieb mir nichts anderes übrig als zu bezahlen. Beim Gehen sah ich die Spritze, mit der man mir die Injektion verpaßt hatte, auf dem Boden liegen.

Den Umgang mit dieser fürchterlichen Prothese zu lernen, war eine schwierige Aufgabe, auf deren Bewältigung ich liebend gern verzichtet hätte. Die Dowayos waren natürlich begeistert von der Apparatur: viele von ihnen haben sich die Vorderzähne abgefeilt und sind so in einer der meinen vergleichbaren Lage. Ich fragte sie, warum sie das täten. Wollten sie sich damit verschönern? Oh nein! Machten sie das – und hier ging mit dem Ethnologen die Phantasie durch –, um für den Körper einen Eingang zu schaffen, der dieselbe Form hatte wie der Eingang zum Dorf? Aber nein, *patron!* Man mache das, wurde ich informiert, für den Fall, daß jemand von einer Kiefersperre befallen werde, damit man dem Betreffenden dann immer noch Essen in den Mund schieben und er etwas zu sich nehmen könne. Kam es häufig zu so einer Kiefersperre? Ihres Wissens war es noch nie passiert, aber die Möglichkeit bestand. Daß ich imstande war, meine Zähne herauszunehmen, und daß diese darüber hinaus von sich aus dazu neigten, sich mitten in der Unterhaltung selbständig zu machen, erregte bei den Dowayos großes Interesse.

TRALIA
5c
AU
4JE69
1919-1969
INTERNATIONAL LABOUR ORGANISA
r Express

Bruce Chatwin

Traumpfade

Arkady bestellte zwei Cappuccinos im Coffee-Shop. Wir trugen sie zu einem Tisch am Fenster, und er begann zu erzählen.

Sein schnelles Denken machte mich ganz benommen, wenn ich auch manchmal den Eindruck hatte, daß er redete, als stünde er auf einem Podium, und daß vieles von dem, was er sagte, schon einmal gesagt worden war.

Die Aborigines hatten eine erdgebundene Philosophie. Die Erde schenkte einem Menschen das Leben, gab ihm seine Nahrung, seine Sprache und Intelligenz; und die Erde nahm ihn zurück, wenn er starb. Eines Menschen »eigenes Land«, und war es auch nur ein öder Landstrich mit Spinifexgestrüpp, war eine heilige Ikone, die unversehrt bleiben mußte.

»Unversehrt, meinen Sie, von Straßen und Bergwerken und Eisenbahnen?«

»Wenn man die Erde verwundet, verwundet man sich selbst«, sagte er ernst, »und wenn andere die Erde verwunden, verwunden sie dich. Das Land sollte unberührt bleiben: so wie in der Traumzeit, als die Ahnen die Welt ins Dasein sangen.«

»Rilke«, sagte ich, »hatte eine ähnliche Vorstellung. Auch er sagte: Gesang ist Dasein.«

»Ich weiß«, sagte Arkady und stützte sein Kinn in beide Hände. »Drittes Sonett an Orpheus.«

Die Aborigines, fuhr er fort, waren ein Volk, das auf leichten Füßen über die Erde schritt; und je weniger sie der Erde wegnahmen, um so weniger mußten sie ihr zurückgeben. Sie hatten nie verstanden, warum die Missionare ihnen ihre unschuldigen Opferriten verboten. Sie schlachteten nicht, weder Tiere noch Menschen. Wenn sie jedoch der Erde für ihre Geschenke danken wollten, schlitzten sie sich einfach eine Ader am Unterarm auf und ließen ihr eigenes Blut auf den Boden tropfen.

»Kein sehr hoher Preis«, sagte er. »Die Kriege des zwanzigsten Jahrhunderts sind der Preis dafür, daß zu viel genommen wurde.«

»Ich verstehe«, sagte ich und nickte ratlos. »Aber könnten wir zu den Songlines zurückkehren?«

»Können wir.«

Ich war nach Australien gekommen, um nach Möglichkeit selber in Erfahrung zu bringen und nicht aus Büchern anderer zu lernen, was eine Songline war – und wie sie funktionierte. Es war offensichtlich, daß ich nicht bis zum Kern der Sache vorstoßen würde, aber das wollte ich auch gar nicht. Ich hatte eine Freundin in Adelaide gefragt, ob sie einen Experten kenne. Sie gab mir Arkadys Telefonnummer.

»Haben Sie etwas dagegen, wenn ich mein Notizbuch benutze?« fragte ich.

»Nur zu!«

Ich zog ein Notizbuch mit einem schwarzen Wachstucheinband aus meiner Tasche; die Seiten wurden von einem Gummiband zusammengehalten.

»Ein hübsches Notizbuch«, sagte er.

»Ich habe sie immer in Paris gekauft«, sagte ich. »Aber jetzt werden sie nicht mehr hergestellt.«

»Paris?« wiederholte er und runzelte die Brauen, als sei ihm so etwas Anmaßendes noch nie zu Ohren gekommen.

Dann zwinkerte er mir zu und sprach weiter.

Um die Vorstellung der Traumzeit zu verstehen, sagte er, müsse man sie als eine Aborigine-Version der ersten beiden Kapitel der Genesis ansehen – mit einem entscheidenden Unterschied.

In der Genesis erschuf Gott zuerst die »lebenden Dinge«, und dann formte er Vater Adam aus Lehm. Hier in Australien erschufen sich die Ahnen selbst aus Lehm, zu Hunderten und Tausenden, je einen für jedes totemistische Wesen.

»Wenn also ein Aborigine Ihnen sagt: ›Ich habe einen Wallaby-Traum‹, will er damit sagen: ›Mein Totem ist das Wallaby. Ich bin ein Mitglied des Wallaby-Klans.‹«

»Ein Traum ist also ein Klan-Emblem? Eine Art Abzeichen, das ›uns‹ von ›ihnen‹ unterscheidet? ›Unser Land‹ von ›ihrem Land‹?«

»Das geht noch sehr viel weiter«, sagte er.

Jeder Wallaby-Mensch glaubte, von einem universalen Wallaby-Vater abzustammen, der der Ahne aller Wallaby-Menschen und aller lebenden Wallabys war. Wallabys waren daher seine Brüder. Eins zu töten, um es zu verzehren, war sowohl Brudermord als auch Kannibalismus.

»Und doch«, beharrte ich, »war der Mensch nicht mehr ein Wallaby, als die Briten Löwen, die Russen Bären oder die Amerikaner Weißkopf-Seeadler sind?«

»Jede Spezies kann ein Traum sein«, sagte er. »Ein Virus kann ein Traum sein. Man kann einen Windpocken-Traum haben, einen Regen-Traum, einen Wüstenorangen-Traum, einen Läuse-Traum. Auf dem Kimberley-Plateau haben sie jetzt einen Geld-Traum.«

»Und die Waliser haben Lauch, die Schotten Disteln, und Daphne wurde in einen Lorbeerbaum verwandelt.«

»Immer dieselbe alte Geschichte«, sagte er.

Er fuhr fort, mir zu erklären, daß jeder totemistische Ahne auf seiner Reise durch das Land eine Spur von Wörtern und Noten neben seinen Fußspuren ausgestreut habe und daß sich diese Traumpfade wie Verkehrs-»Wege« zwischen den am weitesten auseinanderliegenden Stämmen über das ganze Land hinzögen.

»Ein Lied«, sagte er, »war gleichzeitig Karte und Kompaß. Wenn man das Lied kannte, konnte man immer seinen Weg durch das Land finden.«

»Und wanderte ein Mann beim ›Walkabout‹ immer an einer dieser Songlines entlang?«

»In den alten Zeiten, ja«, stimmte er zu. »Heutzutage nehmen sie den Zug oder das Auto.«

»Und wenn der Mann von seiner Songline abwich?«

»Das war Betreten fremden Bodens. Dafür konnte er mit dem Speer getötet werden.«

»Aber solange er sich an seinen Pfad hielt, fand er immer Menschen, die seinen Traum teilten? Die in Wirklichkeit seine Brüder waren?«

»Ja.«

»Von denen er Gastfreundschaft erwarten konnte?«

»Und umgekehrt.«

»Ein Lied ist also eine Art Paß, ein Gutschein für eine Mahlzeit?«

»Auch das ist komplizierter.«

Zumindest theoretisch konnte ganz Australien wie eine Partitur gelesen werden. Es gab kaum einen Felsen oder einen Bach im Land, der nicht gesungen werden konnte oder gesungen worden war. Man mußte sich die Songlines wie Spaghetti aus Iliaden und Odysseen vorstellen, die sich hierhin und dorthin schlängelten, wobei jede »Episode« den geologischen Formen abzulesen war.

»Unter Episode verstehen Sie ›heilige Stätte‹?« fragte ich.

»So ist es.«

»Stätten wie die, die Sie zur Zeit für die Eisenbahngesellschaft vermessen?«

»Sie müssen es so sehen«, sagte er. »Überall im Busch können Sie auf irgendeine Stelle in der Landschaft zeigen und den Aborigine an Ihrer Seite fragen: ›Was für eine Geschichte ist das?‹ oder: ›Wer ist das?‹ Es ist möglich, daß er ›Känguruh‹ oder ›Wellensittich‹ oder ›Eidechse‹ antwortet, je nachdem, welcher Ahne diesen Weg gegangen ist.«

»Und die Entfernung zwischen zwei solcher Stätten kann als Abschnitt des Lieds gemessen werden?«

»Deshalb«, sagte Arkady, »habe ich so viele Schwierigkeiten mit den Leuten von der Eisenbahn.«

Es war nicht leicht, einen Vermesser davon zu überzeugen, daß ein Haufen Flußsteine die Eier einer Regenbogenschlange oder ein rötlicher Sandsteinbrocken die Leber eines mit dem Speer erlegten Känguruhs war. Schwerer noch war es, ihm einsichtig zu machen, daß eine öde Schotterlandschaft die musikalische Entsprechung zu Beethovens Opus 111 war.

Indem sie die Welt ins Dasein sangen, sagte er, seien die Ahnen Dichter in der ursprünglichen Bedeutung des Wortes *poesis* gewesen, das »Schöpfung« besage. Kein Aborigine könne sich vorstellen, daß die erschaffene Welt in irgendeiner Weise unvollkommen sei. Sein religiöses Leben hatte nur ein Ziel: das Land so zu erhalten, wie es war und wie es sein sollte. Ein Mann, der »Walkabout« ging, machte eine rituelle Reise. Er folgte den Fußspuren seines Ahnen. Er sang die Strophen seines Ahnen, ohne ein Wort oder eine Note zu ändern – und erschuf so die Schöpfung neu.

»Manchmal«, sagte Arkady, »wenn ich meine ›alten Männer‹ durch die Wüste fahre und wir zu einer Kette von Sandhügeln kommen, fangen sie plötzlich alle an zu singen. ›Was singt ihr Leute da?‹ frage ich sie, und sie antworten: ›Wir singen das Land herbei, Boß. Dann kommt das Land schneller. ‹«

Aborigines konnten nicht glauben, daß das Land existierte, bevor sie es sehen und singen konnten – wie auch das Land in der Traumzeit nicht existierte, bevor die Ahnen es sangen.

»Das Land muß also zuerst als Vorstellung im Kopf existieren?« sagte ich. »Und dann gesungen werden? Erst dann kann es als existent bezeichnet werden?«

»Richtig.«

»Mit anderen Worten, ›existieren‹ bedeutet ›wahrgenommen werden‹?«

»Ja.«

»Hört sich verdächtig nach Bischof Berkeleys Widerlegung der Materie an.«

»Oder wie der Buddhismus des reinen Denkens«, sagte Arkady, »für den die Welt ebenfalls eine Illusion ist.«

»Dann ist es also so, daß diese dreihundert Meilen Stahl, die zahllose Songs durchschneiden, zwangsläufig das psychische Gleichgewicht Ihrer ›alten Männer‹ erschüttern werden?«

»Ja und nein«, sagte er. »Sie sind in emotionaler Hinsicht sehr stark, und sie sind sehr pragmatisch. Außerdem haben sie weitaus Schlimmeres erlebt als die Eisenbahn.«

Aborigines glaubten, daß alle »lebenden Dinge« im verborgenen unter der Erdkruste gemacht worden waren, wie auch alle Maschinen des weißen Mannes – seine Flugzeuge, seine Gewehre, seine Toyota-Landcruiser – und alle Erfindungen, die man noch erfinden würde; sie schlummerten unter der Oberfläche und warteten, bis sie gerufen wurden.

»Vielleicht können sie die Eisenbahn in die erschaffene Welt Gottes zurücksingen?« schlug ich vor.

»Da können Sie sicher sein«, sagte Arkady.

Es war nach fünf. Das Abendlicht harkte in die Straße hinunter, und durch das Fenster sahen wir eine Gruppe schwarzer Jugendlicher in karierten Hemden und Cowboyhüten, die sich unter den Flamboyants ruckartig auf das Pub zubewegten.

Die Kellnerin räumte die Speisereste ab. Arkady wollte noch einen Kaffee, aber sie hatte die Maschine bereits abgestellt. Er sah in seine leere Tasse und zog die Stirn in Falten.

Dann blickte er hoch und fragte schroff: »Warum interessieren Sie sich für all das? Was wollen Sie hier?«

»Ich bin hierhergekommen, um eine Idee zu testen«, sagte ich.

»Eine große Idee?«

»Wahrscheinlich eine Idee, die auf der Hand liegt. Aber eine, die ich loswerden muß.«

»Also?«

Sein plötzlicher Stimmungsumschwung machte mich nervös. Ich begann zu erklären, wie ich einmal erfolglos versucht hatte, ein Buch über Nomaden zu schreiben.

»Hirtennomaden?«

»Nein«, sagte ich. »Nomaden. ›Nomos‹ bedeutet ›Weideland‹ im Griechischen. Ein Nomade zieht von Weideland zu Weideland. Ein Hirtennomade ist ein Pleonasmus.«

»Eins zu null für Sie«, sagte Arkady. »Erzählen Sie weiter. Warum Nomaden?«

Als ich Mitte Zwanzig war, sagte ich, hatte ich eine Stellung als »Experte« für moderne Malerei in einer bekannten Auktionsfirma. Wir hatten Verkaufsräume in London und New York. Ich war einer von den cleveren jungen Leuten. Es hieß, ich hätte eine große Karriere vor mir, wenn ich meine Trümpfe nur richtig ausspielen würde. Eines Morgens wachte ich auf und war blind.

Im Laufe des Tages konnte ich auf dem linken Auge wieder sehen, aber das rechte blieb trüb und umwölkt. Der Augenarzt, der mich untersuchte, sagte, organisch sei alles in Ordnung, und diagnostizierte die Ursache des Übels.

»Sie haben Bilder aus allzu großer Nähe betrachtet«, sagte er. »Warum tauschen Sie sie nicht gegen ein paar weite Horizonte?«

»Warum nicht?« sagte ich.

»Wohin würden Sie gern gehen?«

»Nach Afrika.«

Der Präsident der Firma sagte, er sei überzeugt, daß mit meinen Augen etwas nicht in Ordnung sei, aber er verstehe nicht, warum ich nach Afrika gehen müsse.

Ich ging nach Afrika, in den Sudan. In dem Augenblick, als ich am Flughafen eintraf, waren meine Augen wieder gesund.

Ich segelte auf einer Feluke von Händlern bei Dongola den Nil hinunter. Ich ging zu den »Äthiopiern«, was ein Euphemismus für Bordell war. Ich konnte gerade noch einem tollwütigen Hund entkommen. In einer Klinik, die nicht genügend Personal hatte, übernahm ich bei einem Kaiserschnitt die Rolle des Anästhesisten. Als nächstes schloß ich mich einem Geologen an, der in den Bergen am Roten Meer nach Mineralien suchte.

Dies war das Land von Nomaden, die Nomaden waren die Beja: Kiplings »Wuschelköpfe«, die sich den Teufel um die ägyptischen Pharaonen oder die britische Kavallerie in Omdurman scherten.

Die Männer waren groß und schlank, und sie trugen sandfarbene Baumwollstoffe, über der Brust zu einem X gefaltet. Mit Schutzschildern aus Elefantenhaut und »Kreuzritter«-Schwertern, die an ihren Gürteln baumelten, kamen sie in die Dörfer, um ihr Fleisch gegen Getreide zu tauschen. Auf die Dorfbewohner sahen sie herab, als wären sie andere Lebewesen.

Im frühen Licht des Morgengrauens, wenn die Geier auf den Spitzen der Dächer ihre Flügel spreizten, beobachteten der Geologe und ich die Männer bei ihrer täglichen Körperpflege.

Sie rieben einander parfümiertes Ziegenfett ins Haar, drehten es dann zu Korkenzieherlocken und formten einen butterartigen Sonnenschirm daraus, der, statt eines Turbans, verhindern sollte, daß ihnen das Hirn zerfloß. Gegen Abend, wenn das Fett geschmolzen war, fielen die Locken wieder zurück und bildeten ein festes Kissen.

Unser Kameltreiber war ein Spaßvogel mit Namen Mahmoud, dessen Haarwust noch gewaltiger war als der der anderen Männer. Als erstes stahl er das Geologenhämmerchen. Dann ließ er sein Messer liegen, damit wir es stahlen. Und dann tauschten wir sie unter johlendem Gelächter wieder aus und wurden auf diese Weise gute Freunde.

Als der Geologe nach Khartum zurückkehrte, nahm Mahmoud mich mit in die Wüste, wo wir nach Felszeichnungen suchten.

Das Land östlich von Derudeb war verblichen und ausgedörrt, und es gab lange graue Klippen und Dom-Palmen, die in den Wadis wuchsen. Die Ebenen waren mit windgestutzten Akazien gesprenkelt, die in dieser Jahreszeit keine Blätter hatten, mit langen, weißen, Eiszapfen ähnelnden Dornsträuchern und übersät mit gelben Blumen. Bei Nacht, wenn ich wach unter den Sternen lag, erschienen mir die Städte des Westens traurig und fremd –

und die Anmaßungen der »Kunstwelt« idiotisch. Hier dagegen hatte ich das Gefühl, heimgekehrt zu sein.

Mahmoud unterwies mich in der Kunst des Fährtenlesens im Sand: Gazellen, Schakale, Füchse, Frauen. Wir verfolgten und sichteten eine Herde wilder Esel. Eines Nachts hörten wir das Husten eines Leoparden in der Nähe. Eines Morgens schlug er einer Puffotter, die sich unter meinem Schlafsack zusammengerollt hatte, den Kopf ab und hielt sie mir auf der Spitze seiner Schwertklinge entgegen. Nie habe ich mich neben einem anderen Menschen so sicher und zur gleichen Zeit so unzulänglich gefühlt.

Wir hatten drei Kamele, zwei zum Reiten und eins für die Wasserschläuche, doch meistens zogen wir es vor zu laufen. Er ging barfuß, ich trug Stiefel. Nie habe ich etwas Ähnliches gesehen wie die Leichtigkeit seines Schritts, und er sang im Gehen: fast immer war es ein Lied über ein Mädchen aus dem Wadi Hammamat, das lieblich war wie ein grüner Wellensittich. Die Kamele waren sein einziger Besitz. Er hatte keine Herde und wollte keine. Er war gegen alles gefeit, was wir »Fortschritt« nennen würden.

Wir fanden unsere Felszeichnungen: ockerrote Strichmännchen, eingeritzt in einen Felsvorsprung. In der Nähe war ein langer flacher Stein, der an einem Ende gespalten und dessen Oberfläche mit Einkerbungen bedeckt war. Das, sagte Mahmoud, sei der Drache, dem Ali den Kopf abgeschlagen habe.

Er fragte mich mit einem boshaften Grinsen, ob ich zu den Gläubigen gehörte. In den zwei Wochen sah ich ihn nie beten.

Später, nach meiner Rückkehr nach England, entdeckte ich eine Fotografie von einem als Relief auf einem ägyptischen Grabmal der Zwölften Dynastie in Beni Hassan eingemeißelten

»Wuschelkopf«: ein mitleiderregendes, ausgemergeltes Gesicht, das den Bildern von den Opfern der Dürre in der Sahelzone glich und deutlich dem von Mahmoud ähnelte.

Die Pharaonen waren verschwunden: Mahmoud und sein Volk hatten überdauert. Ich hatte das Gefühl, daß ich das Geheimnis ihrer zeitlosen und respektlosen Lebenskraft ergründen mußte.

Ich gab meine Stellung in der »Kunstwelt« auf und kehrte in die trockenen Regionen zurück: allein, mit leichtem Gepäck. Die Namen der Stämme, mit denen ich herumzog, sind unwichtig: Rguibat, Qashgai, Taimanni, Turkmenen, Bororo, Tuareg – Menschen, deren Reisen anders als die meinen keinen Anfang und kein Ende hatten.

Ich schlief in schwarzen Zelten, in blauen Zelten, in Zelten aus Häuten und in Jurten aus Filz und hinter einem Windschutz aus Dorngestrüpp. Eines Nachts, von einem Sandsturm in der West-Sahara überrascht, verstand ich Mohammeds Ausspruch: »Eine Reise ist ein Stück der Hölle.«

Je mehr ich las, um so stärker wurde meine Überzeugung, daß Nomaden der Angelpunkt der Geschichte gewesen waren, und sei es auch nur aus dem Grund, daß alle großen monotheistischen Religionen aus dem Hirtenmilieu hervorgegangen waren ...

Arkady blickte aus dem Fenster.

10 CENT
CORREOS MEXICO
PLAN DE AYALA
OFICINA IMPRESORA DE HACIENDA-MEXICO

Eddy Joe Cotton

Train Days

Die Kokosnuß

Wir gingen um das Gebäude herum, und ich zog den Reißverschluß meiner Jacke zu. Ich schob eine Hand in die Jackentasche und spürte etwas zwischen den Fingern. Es war eine alte Ansichtskarte aus Mexiko, die mein Vater mir geschenkt hatte. Ich blieb stehen und sah sie mir an. Die liebliche Landschaft Mexikos war darauf zu sehen. Für einen kurzen Moment gab diese Karte meinem Leben einen Sinn, eine warme Brise, auf die ich mich freuen konnte. Vielleicht würde ich es nach Mexiko schaffen. Wenn ich lange genug wanderte, würde ich eines Tages dort unten ankommen, dachte ich. Es mußten mindestens tausend Meilen bis zur mexikanischen Grenze sein, und wie zum Teufel sollte ich ohne Geld tausend Meilen weit kommen? Vielleicht würde ich es trotzdem versuchen und vielleicht auch nicht. Wie es dann kam, mußte ich diese Entscheidung gar nicht treffen – das nahmen mir die nächsten beiden Tage ab. Eine Schrotflinte und Tortillas hatten einen gewaltigen Einfluß auf mich.

An der Rückseite des Restaurants angekommen, holte der Trucker zwei rostige Eimer hinten aus seinem alten Lincoln. Er setzte sich auf einen davon, nahm seinen Hut ab und legte einen Stein auf die Krempe. Ich setzte mich zu ihm und streckte meine Hand aus.

»Ich heiße Eddy Joe Cotton.«

Als ich auf dieser Raststätte in Wyoming ankam, spiegelten

 Aus dem Amerikanischen von Jochen Schwarzer

sich fluffige weiße Wolken auf dem Fenster. Sie erinnerten mich an Baumwollbällchen. Es war ein schönes Gefühl – weich, himmlisch. Ich wollte dem nacheifern. Daher der Name Cotton – Baumwolle. Joe kommt von Joey, was Clown bedeutet. Ich habe keine Ahnung, wie ich auf Eddy gekommen bin. Und ich weiß auch nicht so recht, warum ich das machte. Ich war neu im Trampleben und fand es passend, meinen Namen zu ändern.

Er schüttelte mir die Hand.

»Half-Step. Hab vier Zehen verloren, als ich mal aus 'nem Zug gefallen bin.«

Er lächelte.

»Oder Jack – ganz wie du willst.«

Jack saß auf dem Eimer und kämmte sich das Haar. Der Wind zerzauste es immer wieder, und immer wieder kämmte er es. Er war ein reizender Mensch. Ich glaube, er war nervös, denn als wir draußen waren, sprach er nicht mehr viel. Wir saßen schweigend da, und ich überlegte, ihn zu fragen, wo wir waren – in welchem Ort. Das Wetter war nicht groß anders als daheim, nur daß es früher anfing zu regnen und der Regen kälter war und sich eher wie Schnee anfühlte. Und wie es aussah, würde es auch binnen Stunden anfangen zu schneien. Wir mußten ziemlich weit im Norden sein.

Es waren immer noch ein paar Sterne zu sehen, und ich hatte Angst. Ich war so schnell und eingeschnappt aus Denver abgehauen, daß ich keine Zeit gehabt hatte, darüber nachzudenken. Daheim lief zwar nicht alles bestens, aber wenigstens hatte ich es da warm.

Erst wird man wütend, und dann rastet man aus, und schwups, schon hat man den Verstand verloren. Ich war nicht nur wütend von zu Hause abgehauen, sondern auch mit leeren Händen, und das war es, was mir angst machte. Das einzige Essen, das ich hatte, befand sich in meinem Magen. Amerika ist ja das Land, wo Milch und Honig fließen, nicht wahr? Also, das hoffte ich jedenfalls.

Meine einzige andere Möglichkeit bestand darin, nach Denver zurückzukehren. Denver ist wirklich nicht so schlimm, aber die Erwachsenen da hatten mir gesagt, daß es allmählich Zeit wurde, daß ich Verantwortung übernahm und ein geregeltes Leben führte. Diese Aussicht hatte mir gar nicht behagt. Ich hielt nichts von der Lebensphilosophie der Erwachsenen. Ich war überzeugt, daß ich tun konnte, was ich wollte und wann ich es wollte, und daß ich, wenn ich da weniger dickköpfig wäre, meine Freiheit würde aufgeben müssen. Ich hatte keine Ahnung gehabt, daß frei zu sein auch bedeutet, daß man hungrig ist. Mit Gottvertrauen konnte ich kein Mittagessen bezahlen. Wenn man kein Geld hat, kriegt man nichts zu essen. Ganz einfach.

Ich wollte nicht alt werden, aber an diesem Nachmittag mit Jack beschloß ich, daß ich, wenn es denn sein mußte, ein »Mann der Landstraße« werden wollte – ein Tramp. Ein Mann, der sich nicht an Regeln halten muß. Ein Mann, der macht, was er sich vorgenommen hat. Dabei würde ich mir vielleicht ein paarmal eine Erkältung einhandeln. Ich würde über den einen oder anderen Zaun klettern. Ich würde vielleicht im Dreck schlafen. Ich würde hinter einer Raststätte in Wyoming hocken und auf einen Zug warten. Ich würde vielleicht auf diesen Zug aufspringen. Aber was ich auch tat – ich würde mich nicht verbiegen lassen. Vielleicht würde ich nach Mexiko gehen und von dort aus den Polarstern betrachten, und nach ein oder zwei Wochen würde ich mich vielleicht da wohl fühlen.

Manchmal ist das Leben einfach nur traurig. Als ich auf diesem Eimer saß, dachte ich an ein Wochenende, das ich mit meinem Dad in Malibu Beach verbracht hatte. Alle um uns her hatten schicke Sonnenschirme und glänzendes Haar. Wir waren die einzigen am Strand, die Jeans trugen und keinen Sonnenschirm hatten. Als ich aus Denver abhaute, dachte ich an den Sand und dieses Surfparadies. In Malibu strahlte einem dieses Paradies von den Reklametafeln entgegen, als wäre es das Allerwichtigste – etwas, das jeder haben sollte. Als mein Dad und ich dann in Malibu ankamen, wurde mir klar, daß wir nicht dorthin gehörten und nie dorthin gehören würden.

Ich dachte an Jacks fehlende Zehen. Diese Zehen vermißte er bestimmt sehr. Ich war jedenfalls sehr froh, daß ich noch alle hatte.

»Äh, das mit deinen Zehen, Jack.«

»Ja?«

»Wie ist das passiert?«

»Ich war besoffen. Ich hab versucht, auf einen Zug aufzuspringen, der zu schnell war. Wenn man ab einem gewissen Tempo nach so einer Leiter greift, überschlägt man sich und fliegt so richtig auf die Schnauze.«

»Das ist gut zu wissen.«

»Allerdings.«

Drei Stunden später tauchte am Horizont ein alter, ramponierter Zug auf. Die Lichter der Lok warfen lange Schatten über den kahlen Boden. Jack stellte sich in den Wind und salutierte dem Lok- und dem Zugführer. Sie winkten zurück. Der Zug hatte vorn zwei schmutzige Lokomotiven, und dahinter ruckelten kaputte Güterwaggons, schwer mit Altmetall beladen, mit alten Autoteilen und Schrott. In den meisten Waggons waren aber nur stapelweise zersplitterte Holzkisten und zerrissenes braunes Packpapier. Fünfzehn Wagen später bremste der Zug gerade so weit ab, daß ein alter Hobo abspringen konnte. Ein kleiner, dürrer Mann mit geschwärztem Gesicht flog aus dem Zug und kullerte ein paar Meter weit über den Schotter. Dann lag er kurz da und schüttelte den Kopf. Jack lief hin und hob ihn an den Achseln hoch.

»Du weißt doch, du sollst das nicht tun!« sagte Jack.

»Ach, Scheiße! Ich wollte den Halt nicht schon wieder verpassen. Beim letzten Mal hab ich zwei Tage gebraucht, bis ich wieder hier war.«

Der Zug bremste weiter ab, bis er fast zum Stillstand kam.

»Siehst du! Die halten für dich. Mann, das ist ein Schrottzug. Denen ist ganz egal, wo sie halten, und du weißt ganz genau, daß sie sowieso immer für dich halten, und jedesmal springst du kurz vor dem Halt ab.«

»Mann, aus Spaß mach ich das bestimmt nich.«

Jack warf die Hände hoch und ging dann am Gleis entlang das Gepäck seines alten Herrn holen. Sein Dad lief ihm nach und riß es ihm aus der Hand. Es war ein alter Seesack, an dem eine aufgerollte Decke festgebunden war. Er öffnete den Reißverschluß des Seesacks und zog eine große braune Nuß hervor.

»Schau mal, was ich dir mitgebracht hab.«

»Was zum Teufel ist das denn?«

»Was das ist? Das ist eine Kokosnuß, direkt aus Mexiko.«

»Was soll ich denn verdammt noch mal mit einer Kokosnuß?«

»Die ist gut gegen dein Asthma. Schau mal, siehst du den Dübel da? Ich habe das Ding aufgebohrt und dann mit Honig gefüllt. Dann hab ich drauf geachtet, daß keine Luft mehr drin ist. Dann hab ich sie auf dem Güterbahnhof in Missoula vergraben und da von Vollmond bis Vollmond liegen lassen. Wenn du den Honig trinkst, soll das gut sein für deine Lunge.

Jack nahm die Kokosnuß und kam zu mir.

»Hey, Dad! Das hier ist Eddy Joe Cotton. Er hat grade selber mit dem Trampen angefangen.«

Der alte Mann klopfte sich die Klamotten ab und streckte mir dann seine schmutzige Hand entgegen. Er stank wie eine Forelle, die seit zwei Tagen vor sich hin fault. Er trug eine mit Öl beschmierte Lokführermütze, aus deren Schirm lange Nägel ragten, und er war klein – allerhöchstens eins fünfundfünfzig.

»Ein Vagabunden-Kollege, und dann auch noch ein so junger. Also ... man nennt mich Alabama, und das hier ist mein Zuhause. Es ist nicht viel, aber es ist gut genug.«

»Dein Zuhause?«

»Camp, Zuhause, nenn es, wie du willst. Das hier ist nur eins davon, ich habe Camps in vier Bundesstaaten, und die sind nicht alle so hübsch wie das hier, aber das ist egal, solange man den Mond sehen und frische Luft schnuppern kann.«

Er hob die Nase und streckte die Arme aus.

»Was gibt's zum Abendessen, Jack?«

»Ich hab ein paar Dosen im Wagen.

»Hast du auch Chili?«

»Ja, ich hab dir dein Chili mitgebracht.«

Alabama rieb sich die Hände, und Jack ging zum Wagen.

»Ist ein paar Tage her, daß ich was gegessen hab.«

»Ein paar Tage? Warum denn so lange?« fragte ich.

»Kein Geld. Und im letzten Wohnheim, wo ich gegessen hab, hätten sie mich fast vergiftet.«

»Ich könnte auch was zu essen gebrauchen.«

Alabama ging zu dem alten Lincoln und setzte sich auf die Motorhaube. Ich folgte ihm und setzte mich wieder auf den Eimer.

»Weil ich Veteran bin, krieg ich jeden Monat einen Scheck, aber der reicht nur für zwei Wochen. Anschließend sind Mülltonnen dran oder Suppenküchen oder was auch immer. Man kann sich überall auf der Welt durchschlagen, wenn man Grips hat. Schau dich um, schau dir die armen Leute an. Die wissen, wie man überlebt. Das Wichtigste ist: immer beten. Ich weiß ja nicht, wer oder was Gott ist, aber da draußen gibt es irgendwas, und wenn du daran glaubst, hast du immer was zu essen. Manchmal ißt du wie ein König und manchmal wie ein Penner, aber das ist gut so, das hält alles im Lot.«

»Im Lot? Wie meinst du das?«

Ich kriegte schnell mit, daß Alabama sich gerne reden hörte.

»Ich meine: Wenn du dich immer wie ein König fühlst, vergißt du, wie es ist, ein Penner zu sein, und wenn du dich immer wie ein Penner fühlst, vergißt du, wie es ist, ein König zu sein. Und beides wäre absoluter Quatsch. Am vernünftigsten ist es, genau in der Mitte zu leben. Da gehören wir alle hin: genau in die Mitte.«

Er hielt sich den Zeigefinger an die Nase und zeigte dann damit auf den Mond.

»Ist er nicht hübsch?«

»Ja, das ist er, Alabama. Ja, das ist er.«

Eine kalte Brise

Ein paar Minuten später kam Jack wieder hinter dem Gebäude hervor. Er trug einen Stapel Holz und eine verknitterte Papiertüte. Er holte drei Dosen aus der Tüte, knüllte sie zusammen und warf sie auf die Feuerstelle. Sie landete auf einer rußigen Blechbüchse und ein paar Glasscherben. Er kniete sich hin, nahm zwei

Steine und stellte sie links und rechts neben die Tüte. Alabama sammelte etwas Anzündholz, formte eine Pyramide daraus und steckte es mit einem Streichholz an.

Als das Feuer in Gang kam, nahm Alabama sein Buck-Messer und setzte die Spitze auf den Deckel der Chilidose. Dann schlug er einmal mit dem Handballen oben auf den Griff. Er durchstach den Deckel, fuhr dann mit der Klinge im Kreis herum und trennte ihn so ab. Er leckte die Klinge ab und stellte die Dose auf die beiden Steine, über das kleine Feuer. Dann setzte er sich und rührte das Chili um, bis es warm war. So machte er es mit allen drei Dosen. Er hatte nur noch die Hälfte seiner Zähne, und die übriggebliebenen waren schwarz. Er sah aus, als hätte er auf Steinen rumgekaut. Wir saßen am Feuer und unterhielten uns über Güterzüge, und währenddessen wärmte er die letzte Dose Chili auf.

Zwei Stunden später bog ein Sattelzug auf den Parkplatz. Auf dem Fliegenfänger überm Kühlergrill stand »RUNNIN' AGAINST THE WIND«. Ein dicker Mann quälte sich hinterm Lenkrad hervor und stieg aus. Er ging zur Hintertür des Restaurants und versuchte sie zu öffnen. Sie war abgeschlossen.

»Die haben zu!« rief ich.

Er sah uns drei an und watschelte zu unserem Lagerfeuer.

»Hat einer von euch die kleine Rothaarige gesehen?«

»Die ist schon vor Stunden weg.«

»MIST!« schrie er. »Die sollte auf mich warten.«

Er war ganz schmutzig um den Mund. Es war Limonade, in der Dieselruß klebte. Er stand da und lächelte frustriert. Da erst fielen uns seine Zähne auf. Oben waren zwei Schneidezähne in der Mitte abgebrochen. Er trat von einem Fuß auf den anderen und fluchte, und Wind kam auf.

»MIST!«

Die kalte Brise zog vorüber.

»SO EINE SCHEISSE!«

Schließlich machte er den Mund zu und hievte sich auf die Motorhaube des Lincoln.

»Wo kommst du her?« fragte Jack.

»Aus'm Westen. Die letzte Ebene da war harte Welle. Schätz ma, in 'n paar Stunden ist das nur noch Glatteis. Das ist dieser Scheiß-Wind. Der friert alles zu.«

»Wie war's aufm Paß?«

»Fast genauso. Wenn du jetzt fährst, kommst du noch vor dem Frost durch. Später brauchst du doppelt so lange.«

Jack schüttelte den Kopf.

»Mann, und dann fahr ich auch noch Fehlfracht.«

»Also, wenn du nicht bis morgen mittag warten willst, würd ich sagen, daß du jetzt losfahren solltest. MIST!«

Der Wind fachte das Feuer an. Ich drehte mich um und wärmte mir den Rücken.

»Wann machen die denn überhaupt wieder auf?« fragte ich.

»Um fünf.«

»Bis dann ist der Sturm hier.«

Alabama sah Jack an und lächelte. »Du solltest besser aufbrechen, Junge. Die Arbeit ruft.«

»Und was ist mit euch beiden?«

»Wir kommen schon klar. Ich glaube, wir haben genug Holz, um uns warm zu halten.«

Jack stand auf und ging zur Vorderseite des Gebäudes. Der dicke Mann rutschte vom Lincoln runter und wärmte sich am Feuer. Er roch nach Gin und Zigaretten. Er zog einen plattgedrückten Twinkie aus der Tasche, wickelte ihn aus und aß ihn, ohne abzubeißen. Er leckte sich nicht die Lippen ab.

Jack kam mit zwei Army-Wolldecken und einer Fellmütze wieder. Die Mütze sah aus wie ein Chihuahua. Er setzte mir den Chihuahua auf den Kopf und gab mir die Decken.

»Das hält die Kälte ab. Paß auf dich auf. Fang nicht an zu trinken, und hör nicht auf zu reisen.«

»Vielen Dank, Jack. Wirklich nett von dir.«

Alabama packte ihn, umarmte ihn fest und lächelte dabei. Der übereilte Abschied schien sie nicht zu stören. Ich glaube, sie hatten das schon tausendmal gemacht. Es erinnerte mich an meinen Vater und mich. Wie mein Vater mich immer ganz unbesorgt hatte ziehen lassen. Nicht daß ich ihm egal gewesen wäre. Aber er wußte, daß ich auf mich aufpassen konnte und daß ihm wahrscheinlich ein Streit ins Haus stand, wenn er mich nicht ziehen ließ. Mein Vater und ich waren eher wie Brüder zueinander. Uns war beiden klar, daß wir auf uns selbst aufpaßten, und nach Feierabend schlugen wir uns den Bauch voll und gratulierten einander zu einem gelungenen Tagewerk. Wir kümmerten uns umeinander, machten uns aber keine Sorgen umeinander. Unsere ganze Familie hatte sich immer so viele Sorgen gemacht, daß wir darüber hinaus waren. Die Sorgen waren immer da, bildeten aber nur den Hintergrund für ein eigensinniges Vater-Sohn-Gespann in einem Chevy-Pickup.

Jack stopfte seinem Vater einen Zwanzigdollarschein in die Hemdtasche.

»Für meinen alten Herrn«, sagte er und ging dann um das Gebäude rum.

Alabama, der dicke Mann und ich saßen am Feuer. Der dicke Mann teilte seine Twinkies mit uns. Alabama erzählte Geschichten. Ich hielt das Feuer in Gang.

»SCHEISSE!«

Der Wind wehte.
Es wurde sehr kalt.
»Und was machen wir jetzt?« fragte ich Alabama.
»Einen Zug nehmen.«
«Okay.«

TER
WI
FEB.

David Sedaris

C.O.G. (Child of God)

Die Busfahrt von North Carolina nach Oregon dauert vier Tage, und die setzen sich aus etwa fünfundsiebzigtausend Stunden zusammen, wenn man ohne die Hilfe eines starken veterinärmedizinischen Beruhigungsmittels reist. Es war mein Schicksal, daß jeder Marine-Infanterist, der sich unerlaubt von der Truppe entfernt hatte, jeder tränenbefleckte Ausreißer, jeder betrunkene auf Bewährung entlassene Strafgefangene so dicht neben mir saß, daß ich, falls er tatsächlich mal gnädigerweise kurz das Bewußtsein verlor, unweigerlich seinen sprudelnden Speichel mit meinem Hemdkragen auffing. Bücher und Zeitschriften boten keine Erleichterung. Sie taugten nicht nur nicht als Abwehrschild, ihr Dasein zog im Gegenteil alles, von milder Neugier bis hin zu offener Feindseligkeit, auf sich.

»Glaubst du, du lernst was aus einem Buch?« sagte der Mann und boxte meine Kopfstütze mit seinen tätowierten Knöcheln. »Ich werd dir mal was sagen, Bücherwurm, wenn du wirklich die Wahrheit erfahren willst, dann gibt es dafür nur einen Ort: die Justizvollzugsanstalt Chatham. Das ist die beste Scheiß-Schule im ganzen stinkenden Land. Da hab ich alles gelernt, was ich weiß, und noch manches andere. Verdammt, in diesem gottverdammten Bus lernst du mehr als in einer ganzen …« Er hielt inne, war bestrebt, sich daran zu erinnern, wie sowas hieß. »Hier wirst du jedenfalls mehr lernen als in einer ganzen Pyramide voller Bücher. Man könnte eine ganze Rennbahn mit der ganzen Scheiße,

 Aus dem Amerikanischen von Harry Rowohlt

die jemals geschrieben wurde, vollstopfen, aber hier gibt es mehr zu lernen.«

Da ich noch nie eine Rennbahn voller Bücher gesehen hatte, fand ich es übereilt, ihm zu widersprechen. »Da könnten Sie recht haben«, sagte ich und betrachtete die Narben, die sein verprügeltes, sonnenverbranntes Gesicht schmückten. »Sie müssen jetzt bald aussteigen, stimmt's? Sonst setze ich mich gern auf die andere Seite des Busses, damit Sie etwas mehr Platz haben und sich ein bißchen ausstrecken können.«

»›Ja‹, hab ich zu ihm gesagt«, sagte das Mädchen, das jetzt neben mir Platz nahm. »Ich hab gesagt: ›Davon kannst du aber verdammtnochmal ausgehen, daß ich dies Scheiß-Baby kriege.‹ Ich hab gesagt, ich krieg dies stinkende Stück Scheiße, egal, ob er nun der Scheiß-Vater sein will oder nicht.« Sie pausierte, um sich die Stupsnase mit einem Kniestrumpf abzuwischen, den sie ausschließlich zu diesem Zweck bei sich führte.

»Ich hab gesagt: ›Ich hab mir diese Scheiße schon vier Jahre lang von Big T bieten lassen müssen, und wenn du glaubst, ich steh einfach da und laß mir noch mehr von der Scheiße bieten, dann kannst du in die knuffigen Knie sinken und mir zwischen Scheiße und Schorf die Haare vom Arschloch lecken, du Arsch.‹ Ich hab ihm gesagt: ›Ich habe es scheißenochmal satt, mit einem bleichgesichtigen Nigger rumzuticken, der ständig auf Mösenjagd ist, anstatt mal seinen Scheiß-Fettarsch zu lüften und sich einen Scheiß-Job zu besorgen.‹ Dem hab ich's aber gegeben. Mußte mal sein. Ich hab gesagt: ›Du Scheißkerl hast weniger im Sack, als Gott einer gottverdammten Kirchenmaus mitgegeben hat. Du bist bei deiner Mamma aus der zerfledderten Votze gekrochen, hast dich an ihren ranzigen Titten festgehalten, und seitdem hat sich bei dir nichts geändert, du Arsch.‹ Ich hab gesagt:

›Wenn du das Baby nicht willst, finde ich einen Scheißkerl, der es will, jemanden, der die Welt nicht durch den Schlitz seines kackpockigen, schwuchtelärschigen, würmchengroßen Pimmels betrachtet.‹ Ich hab gesagt: ›Dann ist das Baby eben ein Bastard, aber ich kann dir garan-scheiße-tieren, daß es nicht halb so sehr ein Bastard ist wie sein Vater, du Arsch und Bastard! Du kannst meinem Opa die Sahne aus seinem alten, krummgewichsten Hutzelpimmel zutzeln, bevor ich dich jemals, und damit meine ich *jemals,* einen Blick auf das faltige Arschgesicht dieses Babys riskieren lasse, du dämlicher Arsch von einem Scheißkerl.‹ Genau das hab ich ihm gesagt, denn inzwischen ist es mir scheißegal, aber wirklich.«

Nachdem sie diese Information einem Wildfremden mitgeteilt hatte, wühlte die junge Frau in der Handtasche auf ihrem geschwollenen Bauch. Sie zog ihre Bürste hervor, blickte mißmutig, sammelte die in den Borsten verfangenen Haare ein und warf sie auf den Fußboden. »Ich hab ihm gesagt: ›Und noch was, du kalter Bauer‹, hab ich gesagt, ›wenn dieses Baby geboren ist, werde ich nur einen Blick auf sein vollgeschissenes Gesicht werfen, und wenn es dir auch nur *so* ein bißchen ähnlich sieht, werde ich dem Arzt sagen, er soll ihm den Scheiß-Kopf absägen und als Köder verwenden. Das mache ich, das schwör ich dir bei Gott, und es gibt auf der ganzen Scheiß-Welt nichts, was du dagegen unternehmen kannst.‹ Nach der ganzen stinkenden Scheiße, die ich diesem Scheißkerl zu verdanken habe, hat der auch noch den Nerv und fragt mich, was ich für Pläne in puncto Namenswahl habe. Kaum zu glauben, so ein Scheiß. Für mich jedenfalls nicht. Ich hab gesagt: ›Diesen Scheiß glaub ich einfach nicht, du Scheißkerl.‹ Ich hab gesagt: ›Du Arsch, ich werd ihn scheißenochmal nennen, wie ich ihn verdammtescheiße nennen will.‹ Ich hab gesagt: ›Ich hätte nicht übel Lust, ihn Cecil Scheißkerl Arschgesicht zu nennen, nach seinem Vater, du häßlicher Scheißkerl von einem Arschgesicht.‹ Ich hab gesagt: ›Na, was sagst du jetzt, du Flachwichser, du Schwanzlutscher, du Sack voll stinkender, dampfender, blutgesprenkelter Scheiße.‹«

Sie wischte sich ein wenig Speichel von den Lippen und machte es sich gemütlich. Das Kind trat und bewegte sich im Mutterleib, und sie reagierte, indem sie vor Schmerz aufschrie, bevor sie mit der flachen Seite der Haarbürste auf ihren Bauch drosch. »Du Arsch«, sagte sie, »versuch das noch einmal, und ich komm da mit einem Scheiß-Kleiderbügel rein, dann hast du aber scheißenochmal echt was, was du treten kannst Scheiße.«

Dies Amerika war die Idee sowjetischer Propaganda-Chefs, eine brutale Landschaft, von hoffnungslosen Einfaltspinseln mit batteriebetriebenen Mündern bewohnt, von einem schlimmen Ort an einen noch übleren treibend. Wenn man Glück hat, wecken einen die Leute im Bus, um eine Zigarette zu borgen. Der Mann auf dem Fensterplatz wird sich wahrscheinlich mit dem Satz »Was hastn *du* da zu glotzen?« vorstellen. Wegen der unbeständigen Art ihrer Fahrgäste sind die Busfahrer in der Kunst der Konfliktbewältigung bewandert und halten häufig an, um bei einer Meinungsverschiedenheit zu vermitteln.

»Immer klaut er mir meine Leckerlis.«

»Sir, tut mir sehr leid, aber Sie werden diesem Herrn seine Nougats zurückgeben müssen.«

Der Bus kroch dahin und hielt in Städten, durch die wir bestimmt schon vor fünfzehn Minuten gekommen waren. *Nun aber mal ein bißchen Tempo, dachte ich. Diese Leute machen mehr Ärger, als sie wert sind. Sollen sie doch die fünfundzwanzig Meilen bis nach Wrinkled Bluffs oder Cobbler's Knob, oder welchen gottverlassenen*

Kakteenklumpen sie sonst ihr Zuhause nennen, zu Fuß gehen. Im Gegensatz zu ihnen hatte ich Ziele, echte Ziele. Dort warteten Menschen auf mich, deren Leben ich bereichern sollte. Sah man das nicht ganz deutlich?

»Dieser Bus fährt jetzt ohne Aufenthalt weiter nach Odell, Oregon«, sagte der Fahrer, stellte ich mir vor, ins Mikrofon. »Wer *nicht* nach Odell will, muß unverzüglich aussteigen und am Rande dieser furchterregenden Wüste eine Warteschlange bilden.«

Meine Mitpassagiere würden stöhnen und grummeln und in die Sitztaschen greifen und ihren mit kleinen Wollmäusen behafteten Zahnersatz und ihre halbvollen Halbliterflaschen Old Spaniel einsammeln. Ich würde sie beobachten, wie sie auf die staubige Landstraße hinaustraten, schäbige Koffer in der Hand, und mit geschüttelter Faust die unversöhnliche Sonne bedrohten. Sobald der letzte von ihnen evakuiert war, würde der Fahrer den Türschließer betätigen, sich auf seinem Sitz umdrehen, den Mützenschirm mit den Fingern berühren und sagen: »Jetzt bringen wir Sie erstmal schleunigst nach Odell, Sir. Bis dahin möchte ich, daß Sie sich einfach zurücklehnen und die Fahrt genießen.«

Nachdem er beinahe zwölf Stunden damit verbracht hatte, die Unannehmlichkeiten seiner ABM-Stelle zu erläutern, erreichte der Mann neben mir endlich seinen Bestimmungsort. Der Platz wurde von einem verdrießlichen, kinnlosen Schlot von einer Frau eingenommen, die einen aschgrauen ärmellosen Rollkragenpullover trug. Das gute Gespräch war ihre Sache nicht, statt dessen puffte sie mich periodisch und zeigte mit ihrer Zigarette auf alles, was ihrer Meinung nach für mich von Belang war. »Laster mit Kühlkost«, flüsterte sie. »Tankstelle mit Brettern vernagelt.« Nie suchte sie die Toilette auf oder veränderte ihre Position, nicht einmal während eines ihrer vielen Nickerchen. Der Schlaf schien sie ohne Warnung zu überfallen. »Der dicke Brummer hat Nummernschilder aus South Dakota«, und ich wandte mich ihr zu, um festzustellen, daß sie leise schnarchte, die Zigarette immer noch glimmend zwischen den Fingern.

Es war fast Mitternacht irgendwo in Utah, als eine junge Frau in den mehr als ausverkauften Bus einstieg. Sie hatte einen Wäschekorb aus Plastik mit Schuhen und Klamotten dabei. Nachdem sie den Mittelgang entlanggewandert war und vergebens einen Platz gesucht hatte, baute sie sich neben mir auf, verlagerte ihr Gewicht von einem Fuß auf den anderen und räusperte sich mit peinigender Regelmäßigkeit. Sie tat, als hätte ich mich in einer Telefonzelle festgequatscht und labere über Nichtigkeiten, während sie darauf wartete, das Geräusch von Schüssen in einem Kindergarten zu melden. Ich fühlte mich unbehaglich.

»Hier«, sagte ich. »Setzen Sie sich doch ein Weilchen hin.«

Sie nahm kommentarlos an. Ein *Weilchen* bedeutete, für mich, eine Zeitspanne von etwa fünfzehn bis zwanzig Minuten. Wenn wir bis dahin nicht da angekommen waren, wo sie hinwollte, konnte ihr vielleicht sonstwer einen Platz anbieten. Wir konnten schließlich alle ein bißchen zusammenrücken und so jenes einzigartige Band schmieden, wie nur gemeinsame Opferbereitschaft es zu schmieden imstande ist. Nach zwei Minuten auf meinem Platz war die junge Frau fest eingeschlafen, und ihre herabhängende Kinnlade hob sich nur dann und wann, um etwas zu murren, was sich für mich anhörte wie »Trottel«.

Ich ging nach vorne und setzte mich auf die Stufen, bis der Fahrer mich, Vorschriften zitierend, verscheuchte. Dies waren die einzigen Stunden, in denen er ein Privatleben führen konnte, und der Mann war entschlossen, sie zu genießen. Im Morgengrauen würde er wieder alle Hände voll mit den alten Zauseln zu tun haben, die dazu neigten, die vorderen Sitze zu beschlagnahmen, das WÄHREND DER FAHRT NICHT MIT DEM FAHRER SPRECHEN-Schild zu ignorieren und ihn mit Fragen zu löchern wie: »Hat sich schon mal in Ihrem Fön eine schwarze Giftschlange zusammengerollt?«

Ich kehrte zurück, um mich neben meinen Platz zu stellen, und hoffte, daß bald jemand aussteigen würde, aber es gab nichts, weshalb man hätte anhalten können. Die vorbeiziehende Landschaft gab keinerlei Lebenszeichen von sich, sie war nur eine unermeßliche, kaltherzige Welt aus Stein. Ich ging eine Zeitlang in die Hocke, bis ich, von Wadenkrämpfen übermannt, endgültig zu Boden ging und unter meinen früheren Platz kroch. Old Smoky saß mit ausgestreckten Beinen da, während meine schlimmste lebende Feindin zum Zappeln und Auskeilen neigte, wobei sie mir, wann immer die Gelegenheit sich bot, buchstäblich die Eier zertrat. Das Paar, das hinter mir saß, übernahm die Nachhut und trat mir mit Geräten, die ich später als die Stahlkappen von Cowboystiefeln identifizierte, abwechselnd gegen Kopf und Wirbelsäule. Ich sagte mir, ich hätte schon Schlimmeres erlebt, aber ich konnte mich noch so sehr anstrengen, ohne daß mir was eingefallen wäre. Der kolossale Motor des Busses lag direkt unter meinem Kopf und versorgte die zahllosen verlorengegangenen Bonbons mit Wärme, die so zu einem duftenden Bett aus geschmolzener Karamelmasse wurden. Irgendwo unterwegs war etwas furchtbar, furchtbar schiefgegangen. Warum war ich, der wichtigste Mann in diesem Bus, gezwungen, die Nacht gekrümmt zu verbringen, nicht auf, sondern *unter* seinem rechtmäßigen Platz? In einem Flugzeug wäre sowas nie passiert.

»Oh«, hatte ich zu mehreren meiner früheren Sitznachbarn gesagt, »Sie müssen das mal probieren. Fliegen ist richtig schön.

Man kriegt Mahlzeiten und Getränke serviert und kann seine Tasche auf dem Platz liegenlassen, wenn man aufs Klo geht.«

»Echt wahr?« hatten sie gesagt. »Und es kommt nicht irgendein Arsch und macht Scheiß damit?«

Der erstaunte Ausdruck auf ihren Gesichtern war ohnehin der Grund dafür gewesen, daß ich diesen Bus genommen hatte. Nachdem ich die letzten neun Monate damit verbracht hatte, das Geschirr wohlhabender College-Studenten zu waschen, dachte ich, den richtigen Kick kriege ich von der Greyhound-Bagage, aber ich hatte es nicht so wörtlich gemeint. Irgendwie mußte eine wichtige Lektion aus alldem zu lernen sein, und eines Tages, mit etwas Glück, würden selbst diese trägen Idioten sie kapieren.

Bis Sonnenaufgang lag ich so da, als der Bus in eine Kurve fuhr und mir eine Flasche Brause mit Schokoladengeschmack gegen die Stirn rollte. Ich kroch auf den Mittelgang und dann aufs Klo, um den Kampf gegen die vielen Kaugummis, die mit meiner Kopfhaut verschmolzen waren, aufzunehmen. Nach und nach erwachten die Passagiere, nur die junge Frau nicht, die meinen Platz besetzt hielt. Mit einem gesunden Schlaf gesegnet, erhob sie sich um zehn und bat mich, ihr den Platz freizuhalten, während sie sich die Zähne putzte.

Ich war in Nullkommanichts eingeschlafen und wachte nur Minuten später wieder auf, weil sie mir mit einer Tube Zahnpasta an den Schädel klopfte. »He, aufwachen.«

Ich tat, als wäre ich im Tiefschlaf, und dachte mir, irgendwann würde sie auch wieder damit aufhören.

»He, dieser Scheißkerl sitzt auf meinem Platz«, rief sie. »Ich bin nur mal auf ›Damen‹ gegangen, um mich frischzumachen, und jetzt kann ich mich verdammtnochmal nicht mehr hinsetzen.«

»Setz dich doch auf mich«, hörte ich jemanden von hinten. »Das wird ein scharfer Ritt.«

»Gut, gut, gut, jetzt haben wir alle unseren Spaß gehabt.« Dies war eine Männerstimme, aber der Fahrer konnte es nicht sein, weil wir immer noch fuhren. »Steh auf, du halbe Portion, und laß die Dame sitzen.«

Eine Hand packte mich am Kragen und stellte mich auf die Füße. Die Hand war schwielig und fleischig und paßte sowohl zu Gesicht als auch Persönlichkeit des Besitzers. Der Mann stellte keine Fragen und sprach keine Drohungen aus. Das war auch nicht nötig. Sobald der Platz frei war, wischte er ihn sauber und lud die junge Frau gestenreich dazu ein, es sich bequem zu machen. Ich erwog kurz, meinen Fall dem Volk vorzutragen, aber dies war eindeutig nicht mein Publikum. Es beugte sich vor, verdrehte sich den Hals, um zu flüstern und zu lachen, während ich im Mittelgang stand und den Ausländer spielte, unvertraut mit den Sitten dieses großartigen Landes. Zwar mochte ich versehentlich jemandem den Platz weggenommen haben, aber seht euch doch mal an, wie sehr ich die zerklüftete Landschaft zu genießen schien, die alle anderen für das Normalste von der Welt hielten. Ich bückte mich und senkte den Kopf, um aus dem Fenster zu plieren und bei jedem vorüberhuschenden Felsbrocken vor Entzücken die Brauen zu schürzen. *Seht nur!* schien ich zu sagen. *Der da scheint einem Kardinal zu ähneln, der am Rande eines riesenhaften Pfannkuchens nistet! Und hier haben wir etwas, was aussieht wie eine umgestülpte Holzpantine, welche unter etwas liegt, was eine verblüffende Ähnlichkeit mit dem blatternarbigen Gesicht jenes ignoranten Bauerntrampels aufweist, welcher den mir rechtmäßig zustehenden Platz besetzt hält!*

Gegen Mittag stieg jemand aus, und ich ließ mich erschöpft auf seinem Platz nieder, konnte aber nicht einschlafen, weil eine

Verlobung, die auf der anderen Seite des Mittelgangs stattfand, mich zu sehr ablenkte. Nachdem man sich zehntausendmal umgedreht hatte, um sich für die Ritterlichkeit zu bedanken, wurden Plätze getauscht, so daß Graf Rindfleisch und Baroneß Wäschekorb nebeneinander sitzen und sich besser kennenlernen konnten. Minuten später hatten sie die Köpfe unter einem Sweatshirt, wo sie entweder den Ruf des Eichhörnchens nachahmten oder sich gegenseitig Akne-Präparate vom Gesicht saugten. Der Lärm von Heavy Metal im Radio, das schneidende Geschrei eines beunruhigten Säuglings, das endlose Gewäsch der beiden alten Zausel vor mir: Alles konnte ich ertragen, nur nicht das Geräusch dieses schnäbelnden, küssenden, vor Vergnügen manchmal aufschreienden Pärchens.

Sie weinte, als er aussteigen mußte. Ihre erstickten Schluchzer waren mir ein rechtes Labsal, und sie versetzten mich in einen tiefen, undurchdringlichen Schlaf, der bis nach Reno andauerte.

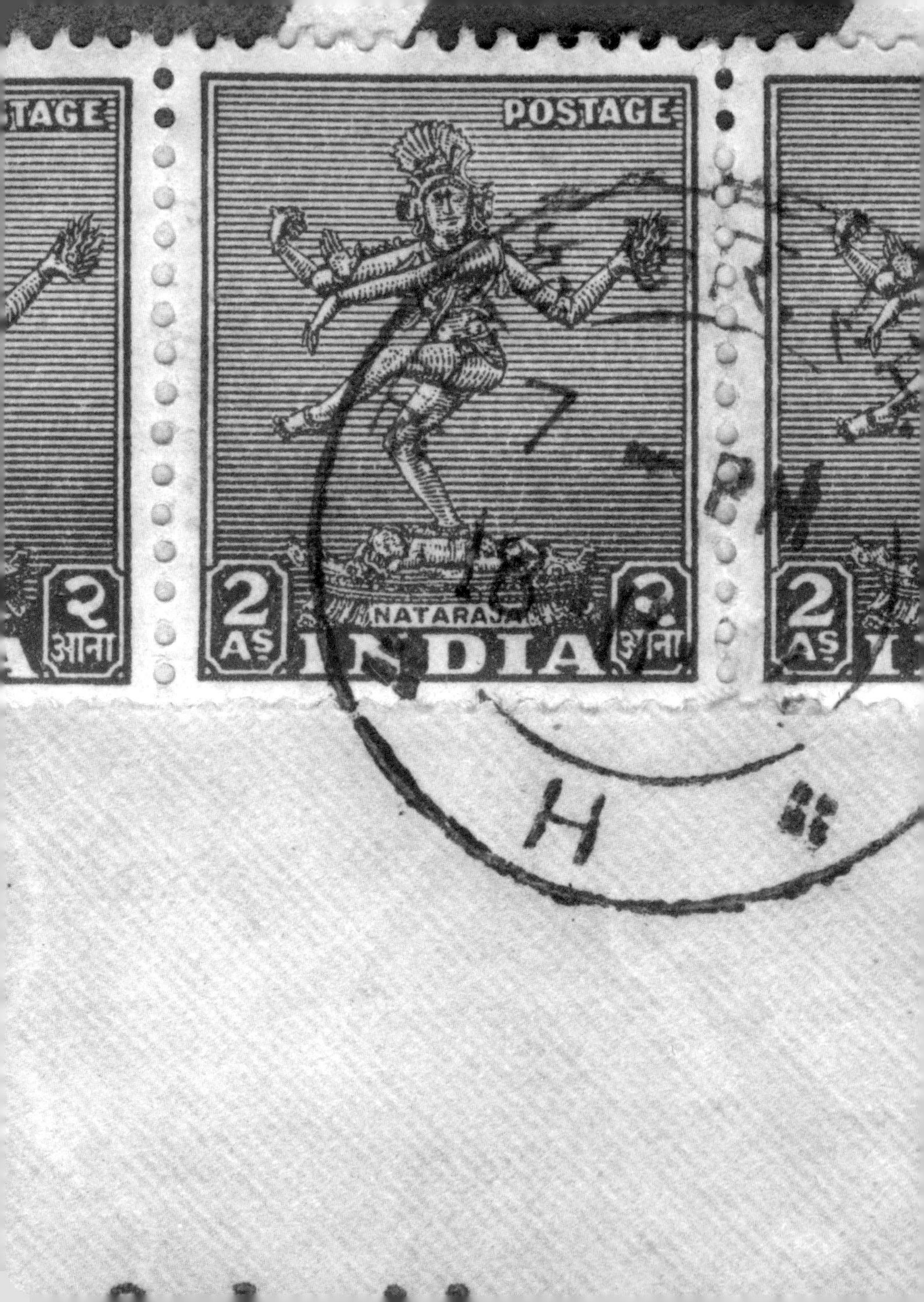
POSTAGE
NATARAJA
2 AS
INDIA
आना

William Sutcliffe

Und ich bin nicht aus Surrey

Der Bahnhof in Ahmedabad stank – buchstäblich – nach Scheiße, und ich mußte mich zu neuen Höhen des Drohens und Lügens aufschwingen, ehe es mir gelang, eine Fahrkarte zur Weiterfahrt zu ergattern – letztendlich unter dem Vorwand, daß meine Frau kurz davorstand, in einem Krankenhaus in Bombay ein Kind zur Welt zu bringen. Es war schon lange nach Einbruch der Dunkelheit, als sich der Zug schließlich in Bewegung setzte. Ich fühlte mich zerschlagen und kletterte daher, gleich nachdem wir abgefahren waren, rauf auf die oberste Liege und versuchte zu vergessen, wo ich war. Normalerweise ließ ich meinen Rucksack unter dem untersten Bett, aber da ich hier niemandem trauen konnte, benutzte ich ihn als Kopfkissen – die einzige Möglichkeit, sicherzustellen, daß ich nicht bestohlen wurde. Dadurch standen meine Füße am Bettende etwas hervor, was zur Folge hatte, daß die meisten Leute, die in unserem Wagen auf und ab liefen, eins gegen den Kopf bekamen. Ein paar von ihnen wurden ein bißchen grätig deswegen und versuchten mich dazu zu bewegen, meinen Rucksack woanders hinzutun, aber ich stellte mich blöd oder schlafend oder beides.

Während ich eindöste, erinnerte ich mich vage daran, daß mir mal irgend jemand erzählt hatte, man solle immer mit gekreuzten Beinen dasitzen, weil es eine tödliche Beleidigung für einen Hindu ist, wenn man ihm seine Fußsohlen zeigt. Ich nahm an, das könnte etwas damit zu tun haben, daß sie nicht besonders

 Aus dem Englischen von Axel Henrici

scharf auf Leute sind, die sich ihre verschwitzen Socken an ihrer Stirn abwischen. Also unternahm ich einen symbolischen Versuch, mich zusammenzurollen. Schließlich wäre es ziemlich blödsinnig gewesen, sich lynchen zu lassen, nur weil man zu vermeiden versuchte, ausgeraubt zu werden.

Ich wachte im Morgengrauen auf und machte mich kurz auf die Suche nach anderen Rucksackreisenden im Zug, konnte aber keine entdecken. Ich war nicht in der Stimmung, mich mit Indern zu unterhalten, und verbrachte daher den Morgen überwiegend damit, mich in meiner Koje zu verstecken und mich einsam und deprimiert zu fühlen.

Ungefähr zur Mittagszeit hielt der Zug irgendwo mitten in der Pampa an. Nach einer Weile begannen die Leute auszusteigen. Ich schwang mich von meinem Bett runter und folgte der Menge nach draußen. Wir befanden uns auf einem Bahndamm, der sich über einem Sumpf erhob. Neben uns war noch ein anderes Gleis. Ich dachte erst, die Leute stiegen aus, um in Erfahrung zu bringen, was los war, aber es stellte sich heraus, daß sich alle erst mal streckten und die Beine vertraten, rauchten, quatschten oder pißten. Ich wanderte ein wenig herum. Ein paar Leute lächelten mich an und winkten mir zu. Ich winkte zurück, versuchte aber Gespräche zu vermeiden, weil es jedesmal wieder auf diese »Hallo-wie-ist-Ihr-werter-Name-wo-kommst-du-her-bist-du-verheiratet?«-Scheiße hinauslief, auf die ich absolut keinen Bock mehr hatte.

Dann erspähte ich nach ein paar Minuten einen anderen Weißen, der am vorderen Ende des Zuges in der Nähe der 1. Klasse auf den Gleisen saß und in meine Richtung sah. Gott sei Dank! Endlich jemand, mit dem ich reden konnte.

Vor Freude hüpfte ich fast auf der Stelle und winkte ihm eifrig zu. Obwohl er meinen Gruß gesehen haben mußte, nahm er mich nicht zur Kenntnis, wandte sich vielmehr ab und ließ seinen Blick über den Sumpf schweifen. Als ich mich ihm – beinahe im Laufschritt – näherte, drehte er sich immer noch nicht um, obgleich er das Knirschen meiner Füße im Kies gehört haben mußte.

Ich setzte mich neben ihn aufs Gleis, und allein schon seine Gegenwart hatte eine beruhigende Wirkung auf mich.

»Hi«, sagte ich.

Er wartete eine Weile, so als ob er darauf hoffte, daß ich wieder gehen würde, ehe er sich endlich zu mir umdrehte und hallo sagte. Dann schaute er mich an. So richtig gründlich. Als ob er mein Gesicht auf irgend etwas untersuchen würde. Mir blieb nichts anderes übrig, als ihn nun meinerseits prüfend anzusehen. Er sah ziemlich alt aus – vielleicht Mitte Dreißig oder so – und hatte strohige Haare, die er mit einem Seitenscheitel gebändigt hatte, sowie einen dichten, aber kurzen Bart. Sein Blick hatte etwas leicht Verstörendes: glasig, aber irgendwie trotzdem noch durchdringend. Und er trug nicht das übliche Traveller-Outfit, sondern hatte tatsächlich ein Hemd und eine Hose an.

»Wo kommst du her?« fragte ich.

»Bangalore«, erwiderte er und beobachtete meine Reaktion. Ich versuchte, keine zu zeigen, aber das funktionierte nicht ganz. Während ich noch überlegte, wie ich fragen konnte, ohne rassistisch zu klingen, fügte er hinzu: »Manchester.« Und, nach einer Weile, um die entstandene Lücke zu füllen: »Reuters.« Ich nickte langsam. »Journalist«, sagte er dann noch, um das Loch endgültig zuzumauern.

»Aha.«

Echt ein gesprächiger Typ. Am liebsten hätte ich zu ihm gesagt, daß er in seinem Leben wohl zu viele Telegramme geschrieben habe und sich mal ein paar soziale Fertigkeiten aneignen solle, aber er gehörte nicht zu der Sorte Menschen, zu denen man so was sagen konnte. Er sah eigentlich überhaupt nicht aus wie jemand, der sich irgend etwas sagen ließ.

Es war schon ewig her, daß ich mit einem richtigen ... na ja, Erwachsenen gesprochen hatte. Jemand mit einem Job. Mal abgesehen von den Indern – klar, daß die Arbeit haben – ich meine, einfach jemand aus der Heimat. Ein Europäer mit Job. Jemand, der irgendwie richtig was machte.

Dieser Umstand führte bei mir zu einer totalen Mattscheibe, und mir fiel nichts ein, was ich hätte sagen können.

Schließlich fragte ich: »Wo fahren Sie hin?«

»Ich will über den Streik berichten.«

Ich nickte, so als ob ich mit dieser Antwort etwas anfangen könnte.

Er sah mich nach wie vor an, also nickte ich weiter. »Weißt du, von welchem Streik ich spreche?«

»Von dem Streik?«

»Ja. Dem Streik.«

»Ähm ... ich hab ehrlich gesagt schon seit Tagen keine Zeitung mehr gelesen.«

Er schnaubte. »Der Kongreß hat sich mit der BJP über Quotenregelungen für den Zugang von Harijans zur höheren Bildung gestritten, und der Maharashtran Sabha war nicht in der Lage, eine endgültige Abstimmung über den angedrohten Generalstreik herbeizuführen. Und das Ganze wird ihnen jetzt wahrscheinlich bald um die Ohren fliegen.«

»Ah ja«, nickte ich lautstark.

»Weißt du überhaupt, wovon ich rede?«

»Ehrlich gesagt, nein.«

»Also, schau her, ich erklär's dir noch mal von vorn. Der Kongreß ...«

Ich versuchte, meine Gesichtszüge so zu arrangieren, daß sie ihm signalisierten, »mach weiter«, aber irgendwie sprach immer noch ein riesengroßes »Hä?« aus ihnen. »Der Kongreß ...?« fragte er.

»Ähmmm ...«

»Du weißt nicht, was der Kongreß ist?«

»Klar weiß ich das.«

»Und was ist es?«

»Das ist ... das ... Parlament. Das indische Parlament.«

»Nein, nicht das Parlament. Das Parlament besteht aus der Lok Sabha und der Rahja Sabha. Der Kongreß ist die Regierungspartei.«

»Ach ja, genau. Natürlich. Jetzt weiß ich's wieder.«

»Also weißt du Bescheid über den Streit wegen der Harijan-Quote?«

»Nicht ganz genau.«

»Aber du weißt, wer die Harijans sind?«

»Ja.«

»Und wer ist das?«

»Das ist ... äh ... die Oppositionspartei.«

»O Gott, das ist wirklich unglaublich. ›Harijan‹ ist die Bezeichnung für die unterste Kaste der indischen Gesellschaft. Die Unberührbaren. Die Leute, die wahrscheinlich sämtliche Fußböden, auf denen du gestanden hast, gefegt, und jedes Klo, in das du seit deiner Ankunft geschissen hast, saubergemacht haben. *Das* sind die Harijans – wie sie ein gewisser Mahatma Gandhi genannt hat. Von dem hast du vielleicht schon mal gehört?«

»Danke, ja«, erwiderte ich und versuchte dabei sarkastisch zu klingen.

»Wahrscheinlich hast du bloß den Film gesehen«, murmelte er vor sich hin. »Ach, vergiß es. Vergiß es einfach.« Kopfschüttelnd wandte er sich ab und vermittelte den Eindruck, vollkommen vergessen zu haben, daß ich auch noch da war. Mit gerunzelter Stirn und einem vagen Lächeln um seine Lippen starrte er in den Sumpf hinaus. Das war vielleicht ein Grobian. Ich war fest entschlossen, mich nicht von ihm demütigen zu lassen.

»Hören Sie mal«, sagte ich. »Sie sind Journalist von Beruf. Es ist Ihr Job, so was zu wissen. Ich bin hier nur auf Urlaub. Dafür muß ich nicht auch noch pauken. Das muß ich den Rest des Jahres schon genug.«

Er drehte sich zu mir um und murmelte, offenbar immer noch zu sich selbst: »Dafür mußt du nicht *pauken.*«

War das seine Vorstellung von einem Gespräch? Ich hatte definitiv noch nie so einen unhöflichen Menschen getroffen.

Nach einer Weile sagte er es noch einmal, ein bißchen lauter, und mit einer etwas seltsamen Betonung. »Dafür mußt du nicht pauken.«

»Ganz genau. Dafür muß ich nicht pauken. Haben Sie 'n Problem damit?«

»Nein«, sagte er und lächelte mich an. »Ich denke, das trifft die Sache ganz gut.«

»Was soll das heißen: Es trifft die Sache ganz gut?«

»Universität des Lebens. Erstes Semester – Abenteuerspielplatz für Fortgeschrittene. Prüfung, Teilaufgabe 1 – gehen Sie in die dritte Welt und überleben Sie dort. Pauken, Interesse, Verstand oder Einfühlungsvermögen nicht erforderlich.«

Der Typ war einfach unglaublich.

»Hören Sie mal, Sie wissen überhaupt nichts über mich. Sie wissen nicht, warum ich hier bin. Sie wissen nicht, was ich denke. Sie interessieren sich kein Stück dafür, aus welchen Gründen ich hierhergekommen bin und was es mir bedeutet. Deshalb ... deshalb haben Sie auch überhaupt kein Recht, irgendwelche ... Urteile über ... mich und meinen Charakter zu fällen. Okay?«

Er nickte, immer noch lächelnd. »Du hast *vollkommen* recht. Ich weiß überhaupt nichts über dich. Rein gar nichts. Und trotzdem tauch ich hier einfach auf und fälle so mir nichts, dir nichts ein Urteil über deinen Charakter. Schon ein starkes Stück.«

Er sah mich forschend an. Ich wußte nicht recht, worauf er hinauswollte, deshalb versuchte ich dagegenzuhalten und starrte zurück.

»Du hast vollkommen recht. Ich bin total ignorant, und trotzdem komm ich hierher, setz mich neben dich, verbring ein paar flüchtige Augenblicke in deiner Gesellschaft und gehe dann wieder fort, in dem Gefühl, was über dich erfahren zu haben. Das ist wirklich der Gipfel. Ich hätte gar nicht hierherkommen dürfen. Wenn ich mich schon nicht für dich interessiere, hätte ich auch nicht deine Zeit in Anspruch nehmen dürfen.«

»Ach, *daher* weht der Wind. Sehr schlau, muß ich schon sagen.« Ich sah weg und versuchte ihn zu ignorieren.

Die Leute entlang den Gleisen quatschten und rauchten immer noch, und es gab keine Anzeichen dafür, daß der Zug in absehbarer Zeit weiterfahren würde. Auch wenn ich mich mit dem Journalisten nicht gerade auf Anhieb gut verstanden hatte, beschloß ich auszuharren. Ich war noch nicht wieder bereit, allein zu sein.

»Vielleicht mache ich einen Artikel über dich«, sagte er.

»Was?«

»Vielleicht schreibe ich was über dich.«

»Über mich? Was haben Sie über mich schon groß zu sagen?«

»Weiß noch nicht genau. Erzähl doch mal – was machst du so den ganzen Tag?«

»Was ich mache?«

»Ja, woraus besteht ein durchschnittlicher Tag bei dir?«

»Wollen Sie mich verarschen?«

»Nein, ich bin nur neugierig.«

Ich warf ihm einen mißtrauischen Blick zu. »Na ja – ich bin halt unterwegs. Mit dem Rucksack.«

»Aber was machst du so den ganzen Tag lang? Wie kommt es, daß du dich nicht langweilst?«

»Langweilen? Ich könnt mich hier nie langweilen.«

»Trotzdem, was *machst* du, überall?«

Er schien aufrichtig interessiert.

»Na ja, man kommt halt an, sucht sich ein Hotel, hängt dort ein bißchen ab, schaut sich ein paar Tage die Stadt an, ißt was, liest, schläft, redet mit den anderen Reisenden, überlegt sich, wo man als nächstes hinfährt, und dann – wissen Sie – ist es ein ziemlicher Akt, die Fahrkarten für die Weiterfahrt zu organisieren, also bereitet man sich geistig darauf vor, beißt in den sauren Apfel, stellt sich den ganzen Morgen für Fahrkarten an, und am nächsten Tag geht's dann weiter.«

»Aha. Die größte Herausforderung besteht also an jedem Ort darin, sich die Fahrkarten zu besorgen, um an den nächsten Ort zu gelangen?«

»Nein, das habe ich nicht gesagt.«

»Doch.«

»Hören Sie – vergessen Sie's einfach. Sie sind anscheinend eh nur daran interessiert, mich zu verarschen, also sehe ich nicht ein, warum ich Ihnen dabei helfen soll, Ihre bescheuerte kleine Reportage zu schreiben. Da müssen Sie sich schon einen Dümmeren suchen.«

»Schon in Ordnung. Ich hab bereits mehr als genug Material beieinander.«

»Was denn zum Beispiel? Was wollen Sie denn über mich schreiben?«

»Ich denke ... irgendwie was in der Richtung, daß es heute nicht mehr die Hippies sind, die in spiritueller Mission hierherkommen, sondern nur noch Schwachköpfe auf Elendstourismus-Abenteuerurlaub. Der zentrale Punkt müßte dann sein, daß es heutzutage keinen Akt der Rebellion mehr darstellt, nach Indien zu gehen, sondern nur eine Art Konformitätszwang für Mittelklasse-Kids, die etwas für ihren Lebenslauf brauchen, das ein bißchen nach Eigeninitiative aussieht. Die ganzen großen Unternehmen wollen doch heutzutage Roboter mit Eigeninitiative, und da ist eine Reise in die dritte Welt als vorgehaltener Reifen, durch den man dann springt, ideal. Ihr kommt hierher und klammert euch aneinander, als wärt ihr auf irgend so einem erweiterten Beziehungs-Workshop für Manager in Epping Forest. Und dann könnt ihr, wenn ihr die lästige Reiserei hinter euch gebracht habt, nach Hause gehen und euren Arbeitgebern beweisen, daß ihr mehr als bereit seid, euch in cin Leben voller stumpfsinniger Plackerei zu fügen. Man könnte es vielleicht als eine moderne Form der Beschneidung ansehen – ein Leidens-Abzeichen, das man tragen muß, um in den Stamm von Großbritanniens zukünftiger Elite aufgenommen zu werden. Die ganze Art, wie ihr reist – das hat doch alles sehr viel mit beschränkten Horizonten zu tun, die sich als Aufgeschlossenheit ausgeben. Ihr interessiert euch nämlich einen Dreck für Indien und habt überhaupt kein Gespür für die Probleme, denen sich dieses Land zu stellen versucht. Ihr behandelt die Inder mit einer Mischung aus Verachtung und Mißtrauen, die total an die viktorianischen Kolonialisten erinnert. Eure Anwesenheit hier hat, finde ich, etwas Beleidigendes. Am besten wäre, wenn ihr euch allesamt zurück nach Surrey verpißt.«

»Das ... das ist doch Blödsinn. Ich respektiere die Inder.«

»Warum bist du dann den ganzen Zug entlanggelaufen, nur um mit mir zu reden? Glaubst du vielleicht, ich bin hier die einzige Person, die Englisch spricht?«

»Nein ... Ich wollte nur ein bißchen ... Hören Sie, es ist ziemlich einfach, mit dieser PC-Kacke anzukommen, wenn man in komfortablen Spesen-Hotels übernachtet. Wenn Sie ein bißchen Zeit mit richtigen Reisenden verbringen würden, dann würden Sie sehen, daß es eine ganze Menge Leute gibt, die versuchen, uns übers Ohr zu hauen. Man *muß* ein bißchen mißtrauisch sein. Das ist einfach nur Selbstschutz.«

»*Richtige* Reisende. Du bist wirklich unbezahlbar. Das muß ich noch reinbringen.«

»Ach, vergessen Sie's doch. Sie hören mir ja gar nicht zu. Ich finde Ihre Art von ... von ... Zynismus einfach nur ziemlich traurig. Ich mach noch viel mehr, als Sie denken.«

»Ja, klar, bestimmt.«

»Wenigstens versuche ich's. Den meisten Leuten macht es doch überhaupt nichts aus, daß sie ... daß sie überhaupt keine Ahnung von der dritten Welt haben. Ich bin wenigstens hierhergefahren.«

»Und daß du keine Ahnung hast, kann man ja nun wirklich nicht sagen.«

»Das war's. Mir reicht's. Ich hau ab.«

Ich stand auf und stampfte zurück in Richtung meines Abteils. Nachdem ich ein gutes Stück zwischen uns gebracht hatte, drehte ich mich ein letztes Mal zu ihm um und schrie: »*UND ICH BIN NICHT AUS SURREY!*«

Er schenkte mir ein breites Grinsen und winkte übertrieben. »*VIEL SPASS NOCH BEI DEINEM URLAUB!*« rief er. »*VERGISS*

NICHT, DEINE GROSSE REISE IM LEBENSLAUF ZU ERWÄHNEN!«

Ich zeigte ihm diesen hier.

สยาม SIAM
20
BAHT
RLD PHILATELIC E HIBITION
3 บาท BAHT
LAND POSTAGE
GOLDEN JUBILEE

Alex Garland

Todesmarathon

Françoise sagte, sie sei einen Kilometer weit weg, und Étienne meinte, es seien zwei. Ich kann Entfernungen übers Wasser nicht schätzen, aber für mich waren es anderthalb. Vor allen Dingen sah es aus, als müßten wir weit schwimmen.

Die Insel jenseits des Wassers war breit; hohe Gipfel zu beiden Enden waren durch einen Paß von halber Höhe miteinander verbunden. Ich vermutete, daß das einmal zwei Vulkane gewesen waren, so dicht beieinander, daß ihre Lavaströme sie zusammengefügt hatten. Wie immer sie entstanden sein mochte, die Insel war beinahe fünfmal so groß wie die, auf der wir uns befanden, und Lücken in der Vegetation entblößten Felswände, die wir hoffentlich nicht würden erklettern müssen.

»Bist du sicher, daß wir das schaffen?« fragte ich – mehr mich selbst als sonst jemanden.

»Ja«, sagte Françoise.

»Wir können es versuchen«, korrigierte Étienne und ging den Rucksack holen, den er mit den am Morgen im Restaurant erstandenen Müllsäcken präpariert hatte.

Das A-Team: eine Fernsehserie, die ein Renner war, als ich um die vierzehn war. Das Team waren BA Barracus, Face-man, Murdoch und Hannibal, vier Vietnam-Veteranen, denen ein Verbrechen zur Last gelegt wurde, das sie nicht begangen hatten, und die jetzt als Söldner arbeiteten und sich die Gangster vornahmen, denen das Gesetz nichts anhaben konnte.

 Aus dem Englischen von Rainer Schmidt

Uns ließen sie im Stich. Einen Augenblick lang sah es so aus, als würde Étiennes Konstruktion schwimmen. Das Gepäck tauchte ins Wasser und blieb auf gleicher Höhe; das obere Viertel dümpelte an der Oberfläche wie ein Eisberg. Aber dann fielen die Müllsäcke zusammen, und der Rucksack ging unter wie ein Stein. Drei weitere Versuche scheiterten ganz genauso.

»Das klappt nie«, sagte Françoise, die ihren Badeanzug bis auf die Hüften heruntergerollt hatte, um gleichmäßig braun zu werden; ich schaute nicht hin.

»Ausgeschlossen«, pflichtete ich ihr bei. »Die Rucksäcke sind viel zu schwer. Weißt du, eigentlich hätten wir das auf Ko Samui ausprobieren sollen.«

Étienne seufzte.

Wir standen im Wasser und erwogen stumm die Lage. Dann sagte Françoise: »Okay. Jeder einen Plastikbeutel. Wir nehmen nur ein paar wichtige Sachen mit.«

Ich schüttelte den Kopf. »Kommt nicht in Frage. Ich brauche meinen Rucksack.«

»Was bleibt uns anderes übrig? Aufgeben?«

»Tja ...«

»Wir brauchen was zum Essen, was zum Anziehen – für drei Tage. Wenn wir den Strand dann nicht gefunden haben, schwimmen wir zurück und warten auf das Boot.«

»Pässe, Tickets, Reiseschecks, Bargeld, Malariatabletten ...«

»Hier gibt's keine Malaria«, sagte Étienne.

»Und überhaupt«, fügte Françoise hinzu, »wir brauchen doch keinen Paß, um auf die Insel zu kommen.« Sie lächelte und strich sich abwesend zwischen den Brüsten entlang. »Komm schon, Richard. Wir sind schon zu weit gekommen.«

Ich runzelte die Stirn und verstand nicht; eine Liste von Möglichkeiten kam mir in den Sinn.

»Zu weit gekommen, um aufzugeben.«

»Oh«, sagte ich. »Ja, das sind wir wohl.«

Wir versteckten unsere Rucksäcke in einem dichten Gebüsch bei einer auffälligen Palme – sie hatte zwei Stämme, die aus einer Wurzel wuchsen. In meinen Müllsack packte ich Wasserreinigungstabletten, die Schokolade, saubere Shorts, ein T-Shirt, ein Paar Converse-Schuhe, Mister Ducks Karte, meine Wasserflasche und zweihundert Zigaretten. Ich wollte alle vierhundert mitnehmen, aber ich hatte nicht genug Platz. Den Gaskocher mußten wir auch zurücklassen. Das bedeutete, daß wir kalt eingeweichte Nudeln würden essen müssen, aber zumindest würden wir nicht verhungern. Und die Malariatabletten ließ ich auch zurück.

Nachdem wir die Müllsäcke mit so vielen Knoten verschlossen hatten, wie das Plastik es zuließ, und jeden noch einmal in einem zweiten Sack verpackt hatten, testeten wir ihre Seetauglichkeit. Ohne das Gewicht der Rucksäcke schwammen sie besser, als wir hatten hoffen können. Sie schwammen sogar so gut, daß wir uns daran festhalten konnten, so daß wir nur die Beine gebrauchen mußten.

Um Viertel vor vier wateten wir, endlich reisefertig, ins Wasser hinaus. »Vielleicht mehr als ein Kilometer«, hörte ich Françoise hinter mir sagen. Étienne erwiderte etwas, aber seine Worte gingen im Rauschen eines Brechers unter.

Das Schwimmen verlief in Stadien. Das erste war pure Zuversicht; wir schwatzten, fanden unseren Strampelrhythmus und witzelten über Haie. Als unsere Beine anfingen weh zu tun und das Wasser nicht mehr kalt genug war, um uns abzukühlen, hörten wir auf zu plaudern. In diesem Stadium schien der zurückgelassene Strand – ganz wie bei der Bootsfahrt von Ko Samui hierher – ebensoweit von uns entfernt wie die Insel vor uns. Die Witze über Haie verwandelten sich in Befürchtungen, und allmählich bezweifelte ich, daß ich die Kraft haben würde, die ganze Strecke durchzuhalten. »Bezweifelte« in Anführungsstrichen. Wir hatten ungefähr die Hälfte hinter uns. Die Strecke nicht zu schaffen bedeutete zu sterben.

Wenn Étienne und Françoise die gleichen Befürchtungen hegten, ließen sie es sich nicht anmerken. Niemand sagte etwas, es war, als würde alles nur schlimmer, wenn man diese Angst aussprach. Ohnehin gab es ja nichts, was uns die Sache hätte erleichtern können. Wir hatten uns in diese Lage gebracht. Jetzt mußten wir damit zurechtkommen.

Und dann wurde es seltsamerweise leichter. Obwohl meine Beine immer noch weh taten wie verrückt, entwickelten sie eine Art Reflexkick, fast so etwas wie einen Herzschlag. Das hielt mich in Bewegung und erlaubte an etwas anderes als den Schmerz zu denken. Was mich eine Ewigkeit lang ablenkte, war, daß ich mir Zeitungsschlagzeilen ausmalte, die zu Hause über mein Schicksal berichten würden: »Junge Abenteurer ertrinken im thailändischen Todesmarathon – Europa trauert.« Damit war alles Nötige gesagt. Meinen Nachruf zu schreiben war schon schwieriger, vor allem in Anbetracht der Tatsache, daß ich nie irgend etwas von Bedeutung geleistet hatte. Aber meine Beerdigung war eine angenehme Überraschung. Ich entwarf ein paar gute Reden, und eine Menge Leute kamen, um sie sich anzuhören.

Ich hatte gerade beschlossen, meinen Führerschein zu machen, wenn ich wieder in England wäre, da sah ich Treibholz vor uns am Strand liegen und begriff, daß wir fast da waren. Wir hatten die meiste Zeit darauf geachtet, daß wir zusammenblieben, aber auf den letzten hundert Metern zog Étienne davon. Als er den Strand erreicht hatte, schlug er ein Rad; es gelang ihm unter Aufbietung seiner letzten Energiereserven, denn dann brach er zusammen und rührte sich erst wieder, als ich bei ihm war.

»Zeig mir die Karte«, keuchte er und versuchte sich aufzurichten.

»Étienne«, antwortete ich zwischen zwei Japsern und stieß ihn wieder zu Boden. »Wir haben genug getan. Heute nacht bleiben wir hier.«

»Aber der Strand ist vielleicht ganz in der Nähe, oder? Vielleicht ist es nur ein kurzes Stück Weg bis dahin.«

»Hör auf.«

»Aber ...«

»Pst.«

Ich legte mich hin und drückte die Wange in den feuchten Sand, und mein Keuchen verwandelte sich in Seufzen, als der Schmerz aus meinen Muskeln sickerte. Étienne hatte eine Strähne Seegras im Haar; eine einzelne grüne Dreadlock. »Was ist das?« brummte er und zupfte kraftlos daran. Unten an der Wasserlinie kam Françoise platschend an Land; sie schleifte ihren Müllsack hinter sich her.

»Ich hoffe nur, dieser Strand existiert wirklich«, sagte sie und plumpste neben uns in den Sand. »Ich bin nicht sicher, ob ich die Strecke noch mal schwimmen kann.«

Ich war zu erschöpft, um ihr zuzustimmen.

FAX
GUERNSEY
Telecoms
GUERNSEY
2

Tony Hawks

Mit dem Kühlschrank durch Irland

Am nächsten Tag wurde ich von Rory geweckt, der an meine Tür klopfte. In Gedanken sagte ich ›Oje, ich schätze, du willst wieder weg und möchtest, daß ich die Anrufe entgegennehme und mir mein Frühstück selbst mache, oder?‹, in Wirklichkeit rief ich aber nur: »Ja?«

Das war nicht ganz so witzig, aber auch nicht schlecht.

»Telefon!« sagte ein aufgeregter Rory. »Es ist die *Gerry Ryan Show.*«

»Oh. Ach so.«

Da ich gerade erst ein paar Sekunden wach war, dämmerte mir noch nicht ganz, was das bedeutete. Ich öffnete die Tür, und Rory gab mir eines dieser schnurlosen Telefone, mit denen man, ganz egal, was einem der Hersteller verspricht, fast immer einen schlechten Empfang hat. Ich hielt es an mein Ohr.

»Hallo?«

»Hallo, Tony, ich bin Siobhan von der *Gerry Ryan Show.* Einen Moment noch, dann stelle ich dich zu Gerry durch.«

Gerry? Ich kenne keinen Gerry. Und warum kann er nicht jetzt mit mir sprechen? Bevor ich noch etwas sagen konnte, hörte ich auch schon Chris Rea, und da begann es mir zu dämmern. O nein, wenn dieses Lied zu Ende war, würde ich auf Sendung sein! Aber was war mit meinem Haar? Ich räusperte mich ein paar Mal, damit es nicht so klang, als wäre ich gerade erst aufgewacht. Ich versuchte, den Text von Chris Reas Lied zu ignorieren. Schließlich

 Aus dem Englischen von Xaver Engelhard

war der Gedanke, daß man sich auf der »road to hell« befand, so früh am Morgen schon für sich genommen befremdlich, wenn man aber kurz davor stand, zu einem Abenteuer wie dem meinen aufzubrechen, klang es so, als wolle der Mistkerl einen verarschen.

Gerrys Stimme ertönte über die leiser werdende Platte hinweg.

»Ich habe jetzt Tony Hawks am Apparat. Guten Morgen, Tony. Also, du wirst jetzt gleich eine interessante Reise antreten. Könntest du uns etwas darüber erzählen?«

Ich kann mir einfachere Übungen vorstellen, wenn man gerade erst aufgewacht ist. Aber eigentlich machte ich meine Sache ganz gut, erklärte, was ich vorhatte und warum, und schaffte es sogar, gelegentlich ein wenig witzig zu sein.

»Ich habe keine Ahnung, ob ich so fröhlich bleiben werde«, gestand ich Gerry an einem Punkt. »Ich klinge nur so glücklich, weil ich noch nicht gestartet bin.«

»Nun, vielleicht hast du ja gutes Wetter, dann wirst du auf viel Resonanz stoßen. Und da ich weiß, wie die Psyche der Leute hier in diesem Land funktioniert, könnte ich mir vorstellen, daß sie dich äußerst herzlich aufnehmen. Und es ist ja auch eine tolle Sache für den Friedensprozeß.«

»Ja, ich hoffe, heute noch durch Nordirland zu fahren. Falls ich also irgendwie dabei behilflich sein kann, die Sache da oben voranzutreiben, würde ich das wirklich gerne tun. Vielleicht sollten wir uns alle an den Kühlschrank setzen. Die Leute haben es mit runden Tischen versucht, und es hat nicht wirklich funktioniert. Die ganze Körpersprache hinter einem Tisch ist total verkehrt. Wir sollten uns um den Kühlschrank herum versammeln.«

»Ich glaube, damit könntest du recht haben, Tony. Das könnte unser Motto für den Friedensprozeß werden: ›Versammeln wir uns um den Kühlschrank!‹«

Wir müssen sechs oder sieben Minuten lang geplaudert habe, was mich überraschte, weil ich das englische Radio gewöhnt bin, in dem sie von einem nur ein paar kurze Äußerungen haben wollen, bevor sie die nächste Platte auflegen. Wir nahmen sogar den Anruf eines Pub-Pächters entgegen, der anbot, eine ›Kühlschrankparty‹ zu schmeißen, wenn ich nach Cork käme. Ich dankte ihm und versprach, ihn beim Wort zu nehmen, fragte mich aber gleichzeitig, ob er irgendeine Vorstellung davon hatte, was es mit einer Kühlschrankparty auf sich hatte. Aber das schien keine Rolle zu spielen.

Ich merkte, daß ich es bei Gerry Ryan mit einem äußerst fähigen Radiomoderator zu tun hatte, der die Kunst beherrschte, sich in aller Ruhe um vier Dinge zugleich zu kümmern und dabei auch noch zu reden. Er schien von der Absurdität meines Vorhabens ehrlich fasziniert zu sein und beendete das Interview, indem er sagte:

»Das ist genau die Art von Aktion, die wir gerne weiterverfolgen. RTE wird dich mit allen Mitteln unterstützen. Rufst du uns morgen an?«

»Unbedingt, Gerry. Mach ich gerne.«

»Einen schönen Tag noch.«

»Gleichfalls.«

Ich war seit fünfzehn Jahren nicht mehr getrampt. Ich hoffte, daß der Daumen seinen alten Zauber noch nicht verloren hatte. Ich war einmal per Anhalter durch Amerika gereist, und meine Unbekümmertheit um die Gefahren hatte mich irgendwie immun gegen sie gemacht. An einem triumphalen Tag hatte ich es von den Niagara-Fällen bis nach New York geschafft, und das schneller als der Greyhound Bus. Ich hatte viele nette Leute kennengelernt und viel Hilfsbereitschaft erfahren. Ein Kerl, der sah, daß ich hungrig war, bestand darauf, mich zu einem großen Mittagessen einzuladen, und als ich ihm für seine Großzügigkeit dankte, sagte er einfach: »Gib es weiter!« Mir gefiel dieses selbstlose Konzept: Revanchiere dich für dieses Geschenk, indem du irgend jemand anderem ein ordentliches Stück davon zukommen läßt!

Die einzige etwas heikle Erfahrung hatte ich in Frankreich gemacht, als ich von einem älteren Herrn mitgenommen wurde, dessen zweite Frage war, was ich vom Nacktbaden halte. Obwohl ich ursprünglich gesagt hatte, ich wolle nach Lyon, änderte ich sofort mein Ziel und bestand darauf, daß er mich in Chalon-sur-Saône rausließ. Als ich aus dem Auto stieg, sagte er etwas auf Französisch, das ich nicht verstand, aber ich vermute, es bedeutete soviel wie »Aber dieser Bus fährt nach Cavan«.

Ich schleppte mein Gepäck langsam zu einem geeigneten Punkt am Straßenrand und bemerkte mit Sorge, daß die Autos in erschreckend unregelmäßigen Abständen vorbeifuhren. In einem Zustand nahe der physischen und psychischen Erschöpfung baute ich mich am Straßenrand auf und zwang mich dazu, optimistisch zu sein. Obwohl der Regen nachgelassen hatte, tröpfelte es noch, und die Wolken am Horizont ließen vermuten, daß es nicht lange dauern würde, bis ich das Regenzeug wieder brauchte. Ich betrachtete die Umgebung, mit der ich, wie ich hoffte, nicht allzu vertraut werden würde, und entdeckte, daß ich einen unwirtlichen, bedrückenden Straßenabschnitt gewählt hatte, um meine Reise zu beginnen. Die Gegend war nicht häßlich, aber sie war eindeutig nicht attraktiv. Es war einfach ein langweiliges Stück irischer Landstraße. Strommasten, ein paar Felder und die Rückseite eines Schilds, auf dessen anderen Seite hoffentlich »Tramper auslachen verboten!« stand. Ich stellte den Kühlschrank ein Stück vor mir ab und lehnte den Rucksack dagegen, um den Eindruck von Normalität zu erwecken. Als gehörten ein Kühlschrank und ein Rucksack zusammen. Und dann hielt ich den Daumen raus.

Ein Ford Fiesta fuhr vorbei. Dann ein Vauxhall Cavalier. Als nächstes ein Renault und dann ein rotes Auto, dessen Marke ich nicht kannte. Vier Autos, und keines von ihnen hatte irgendwelche Anstalten gemacht anzuhalten. Was war los? Hatten sie meinen Daumen nicht gesehen? Machte der Anblick des Kühlschranks sie nicht neugierig? Einen Citroën, einen großen Lastwagen, einen Ford Escort und einen BMW später setzte ich mich für einen Augenblick auf den Kühlschrank, um mich zu sammeln. Acht Fahrzeuge waren vorbeigefahren, und ich stand jetzt zehn Minuten dort. Ich erkannte, daß dies weniger als ein Auto pro Minute bedeutete. Ich beobachtete meine Uhr und wartete eine Minute lang. Oje. Nichts. Und es wurde noch schlimmer. Sogar viel weniger als ein Auto pro Minute. Ich versuchte, mich aus der Depression, in die mich diese statistische Berechnung gestürzt hatte, zu befreien, indem ich mir eine aufmunternde Rede hielt und beschloß, für eine Viertelstunde oder so positiv zu denken. Ich rutschte vom Kühlschrank runter, stellte mich wieder hin und versuchte mich als ein starker, positiver Mensch zu präsentieren, der trotzdem einen Hauch Verletzlichkeit spüren läßt, und hoffte, damit die größtmögliche Zahl von Fahrern anzusprechen.

Von dem Theater bekam ich Krämpfe. Ich setzte mich also wieder auf den Kühlschrank und fragte mich, wie ich so naiv hatte sein können, auf einer Hauptstraße einen steten Verkehrsstrom zu erwarten. Vielleicht hätte ich ein Stück Pappe mitnehmen sollen, auf dem mein Ziel stand. Vielleicht hätte ich ein Stück Pappe mitnehmen sollen, auf dem »Irgendwohin« stand. Vielleicht hätte ich den Unterschied zwischen einer lustigen Idee und dem Versuch, sie praktisch durchzuführen, beachten sollen. Die Autos kamen so selten vorbei, daß ich von einem Verkehrsstau zu phantasieren begann. Die Benommenheit, die ich zu Anfang verspürt hatte, war längst verschwunden, und meine Emotionen schwankten stattdessen von einem Extrem zum anderen. Jedes Mal, wenn ich ein Auto oder einen Lastwagen am Horizont entdeckte, wurde ich von Vorfreude erfüllt. »Das ist es! Endlich!« Während das Fahrzeug näherkam, wuchsen meine Hoffnungen derart an, daß ich mir grob zurückgewiesen vorkam, wenn es dann einfach vorbeifuhr. Zwanzig Minuten und siebzehn grobe Zurückweisungen später begann ich, mich ein wenig niedergeschlagen zu fühlen. Drei oder vier Wochen von dieser Art Folter würden dafür sorgen, daß ich eine teure Therapie nötig hätte. Ich dachte an die Wette. Es würde mich nicht umbringen, hundert Pfund zu verlieren, und der Schlag, den mein Stolz würde einstecken müssen, wäre eindeutig weniger schmerzlich als eine tägliche Dosis von dem, was ich gerade durchmachte. Nach noch nicht einmal einer Stunde schon mit dem Gedanken ans Aufgeben zu spielen, war nicht der Start, den ich mir erträumt hatte. Kein Zweifel, ich hing in den Seilen. Eigentlich lag ich schon am Boden und war bis ungefähr sechs angezählt.

Manchmal fuhr ein Paar vorbei, und ich konnte etwas sehen, was wie der Beginn einer Unterhaltung zwischen beiden aussah:

»War das ein Kühlschrank?«

»Was?«

»Der Kerl eben ... der Tramper ... hatte er einen Kühlschrank dabei?«

»Du bist müde, Liebling. Halt bei der nächsten Gelegenheit an, dann fahr ich mal.«

Ich dachte mir: ›Redet nicht darüber, haltet an und nehmt den armen Kerl mit! Egoistische Schweine, ihr hattet Platz in eurem

Auto!‹ Nie wieder würde ich einen Tramper am Straßenrand stehen lassen.

Ich begann mit der Möglichkeit zu spielen, den Kühlschrank zu verstecken und seine Existenz erst zu offenbaren, wenn ein Fahrer schon angehalten hatte, um mich mitzunehmen. Ich kam zu dem Schluß, daß dies keine Mogelei wäre, sondern eine Maßnahme, auf die ich erst nach zwei Stunden und falls es wieder stark zu regnen anfing, zurückgreifen sollte. Keine von beiden Möglichkeiten schien in allzu ferner Zukunft zu liegen. Ich stand auf. Ich versuchte es damit, die Autos anzulächeln. Es funktionierte nicht und ließ mich vermutlich aussehen, als wäre ich reif für die Klapsmühle. Um die Langeweile zu bekämpfen, versuchte ich herauszufinden, ob es möglich war, erstaunt zu wirken. Es muß das Privileg großer Schauspieler sein, auf Kommando erstaunt wirken zu können.

Gerade als ich es am allerwenigsten erwartete, zu einem Zeitpunkt, als ich es damit versuchte, bestürzt zu wirken, hielt ein versiffter roter Fiesta-Transporter vor mir am Straßenrand. Ich konnte nicht glauben, daß er wegen mir anhielt, und rannte zu ihm, um zu fragen. Ein ungepflegt wirkender alter Mann und sein Jack-Russell-Terrier betrachteten mich durch das offene Fenster.

»Ich fahre bis Carrereraragh«, murmelte er. Nicht der Hund. Der Mann.

Zumindest glaube ich, daß er das sagte. Er hatte einen kräftigen Akzent und war offenbar der Ansicht, daß man beim Sprechen den Mund am besten so wenig wie möglich öffnet.

»Wie weit ist es nach Carr ... err ... eraragh?«

»Sie meinen Carrecloughnarreraragh?«

»Ja, Car ..., ja, bis dahin, wie weit ist es?«

»Carrereaoughnanrrara? Ungefähr drei Meilen.«

O Gott. Drei Meilen nützten niemandem was. Aus meinen früheren Erfahrungen als Anhalter wußte ich, daß es manchmal besser war, eine Mitfahrgelegenheit auszuschlagen, durch die man mitten im Nirgendwo landen würde. Mir gefiel der Klang von Carrerrerreragh nicht. Und seine Eigentümlichkeit, immer wieder anders zu klingen, auch nicht. Ich versuchte herauszubekommen, ob Carreranoughnara ein guter Ort zum Trampen war.

»Gibt es dort irgendwo eine Straße, auf der ich ...«

»Schmeißen Sie es rein, schmeißen Sie es rein!« Er deutete auf mein Gepäck.

»Wie ist die Straße dort in Carra ...«

»Schmeißen Sie es rein, schmeißen Sie es rein!« Bei dem Fortschritt, den wir machten, hätte es auch der Hund sein können, der redete.

»Es tut mir leid, es ist nur manchmal so, daß ...«

»Schmeißen Sie die verdammten Taschen einfach in das verdammte Auto, ja?«

Das wirkte. Ich gehorchte sofort und lud wider besseres Wissen mein Zeug in seinen klapprigen Transporter, um mich drei Meilen weiter wieder absetzen zu lassen. Wie ich irgendwo mal gehört habe, beginnt auch eine Reise von tausend Meilen mit dem ersten Schritt.

Sowohl er als auch der Hund schauten interessiert zu, als ich den Kühlschrank hinten einlud.

»Was haben Sie da?«

»Einen Kühlschrank.«

»Oh, mit einem Kühlschrank zu reisen, ist sicher kein Spaß.«

Ach ja? Nein, ich schätze nicht. Ich stieg vorne ein, und der Hund sprang auf meinen Schoß und verbesserte so seine Aussicht durch die Windschutzscheibe.

»Wo fahren Sie hin?« fragte ich.

»Ein Stück die Straße runter gibt's eine Viehauktion.«

»Wollen Sie eine Kuh kaufen?«

»Nein, ich will bloß die Zeit totschlagen.«

Ich hatte plötzlich das Gefühl, weit von zu Hause fort zu sein. Ich war in einer Gegend gelandet, in der die Leute zu einer Viehauktion gingen, um die Zeit totzuschlagen. Dann bemerkte ich etwas, das schon die ganze Zeit offensichtlich gewesen, mir aber entgangen war, weil ich ganz davon in Anspruch genommen wurde, zu entschlüsseln, was er sagte: Der alte Mann war mit Schlamm bedeckt. Es gibt da diesen Blödsinn, den Biologen und Physiker erzählen, daß der Mensch zu 90 % aus Wasser besteht. Dieser Kerl hier bestand zu mindestens 25 % aus Schlamm. Es sah aus, als hätte er sich darin gesuhlt. Vermutlich, um die Zeit totzuschlagen. Das Seltsame war, daß sein Hund kaum mit Schlamm bedeckt war. Wie konnte das sein? Hunde legen Wert darauf, verschlammt zu sein, und weniger verschlammt als das Herrchen auszusehen, muß für sie zutiefst peinlich sein. Ich schätze, deshalb war der Hund so versessen darauf, aus dem Fenster zu schauen: Er wollte feststellen, wo die anderen Hunde waren, damit er ihnen ausweichen konnte und nicht an Ansehen verlor.

Wir kamen viel zu schnell in Carrerrerarsch an. Die sechs Minuten, die ich in der Gesellschaft dieses mit Schlamm bedeckten Mannes und seines Hundes verbrachte, lenkten mich von der quälenden Gewißheit ab, einen dummen Fehler begangen zu haben. Mit einem Kühlschrank zu trampen war möglich. Der Mann hatte angehalten und sowohl mich als auch meinen Kühlschrank mitgenommen. Es war Pech, daß er bloß ein paar Meilen weit fuhr. Und es war auch nur Pech, daß Carrerrerranoughnascheiß zum Trampen einer der schlimmsten Orte der ganzen nördlichen Hemisphäre war.

Als der alte Mann am Straßenrand hielt, wurde er von drei älteren Farmer-Typen begrüßt, die auch mit Schlamm bedeckt waren. Sie waren zwar eindeutig nicht so schlammig wie er, aber ohne Zweifel schlammig genug, um im Komitee des Schlammclubs zu sitzen. Ich stieg aus, holte mein Zeug aus dem Auto, verabschiedete mich und wurde mir der Tatsache bewußt, daß ich mich in der Nähe einer Viehauktion im Herzen des ländlichen Irlands befand, und zwar mit einem Rucksack, einem Kühlschrank und einer zu dünnen Schlammschicht, um hier willkommen zu sein.

Um mich herum fand der Verkehrsstau statt, von dem ich nur Minuten zuvor geträumt hatte. Lastwagen, Kombis, Traktoren, Range Rovers und versiffte rote Fiesta-Transporter kamen zur Viehauktion, und sie waren für mich ohne jeden Nutzen. Eher waren sie ein enormes Hindernis, denn sie machten es zu einem Problem, einen Platz zu finden, wo ich vom Durchgangsverkehr entdeckt werden konnte. Ich hob den Kühlschrank auf sein Wägelchen, warf den Rucksack auf den Rücken und begann, die Straße entlangzumarschieren. Es versteht sich von selbst, daß sie schlammig war. Ich sah mich um, um zu winken, aber der alte Mann war verschwunden und statt seiner blickte mir der Jack-Russell-Terrier geringschätzig durch die Windschutzscheibe des Fiestas nach. Er schien instinktiv zu wissen, daß die Art zu reisen, für die ich mich entschieden hatte, nicht die schlaueste war. Ich zeigte ihm den Stinkefinger und ging weiter.

Über die entfernte Lautsprecheranlage konnte ich das monotone Maschinengewehrstakkato des Viehauktionators hören. Ich hoffte für ihn, daß nicht sein ganzes Publikum aus Leuten bestand, die nur die Zeit totschlagen wollten. Ich ging weiter. Ein Farmer starrte mich an. »Was hat der?« fragte ich mich. Ich hatte vergessen, daß er gerade beobachtet hatte, wie ein Mann, der nicht mit Schlamm bedeckt war und einen Kühlschrank hinter sich herzog, einem Jack-Russell-Terrier den Stinkefinger zeigte. Bald erreichte ich einen Platz, den ich noch für den besten unter den vielen schlechten, die mir zur Auswahl standen, hielt. Ich mußte mich zwar immer noch neben geparkten Autos aufbauen, aber ich dachte mir, ich sollte es mal versuchen. Gerade, als ich mich so attraktiv wie möglich plaziert hatte, fing es zu regnen an. Und zwar stark.

Ich hatte zwei Alternativen. Ich konnte entweder den würdelosen Kampf mit meinem Rucksack aufnehmen, um ihm meine Regensachen zu entreißen, oder irgendwo Unterschlupf suchen. Das Problem mit der zweiten Möglichkeit war, daß der einzige Unterschlupf, der sich mir bot, das Gebäude war, in dem die Viehauktion stattfand, und ich Angst hatte, eine Kombination aus Verzweiflung und Delirium könnte dazu führen, daß ich eine Kuh ersteigerte. Mit einem Kühlschrank und einer Kuh rund um Irland zu trampen, hätte wirklich bedeutet, die Sache auf die Spitze zu treiben.

Mit einiger Beklommenheit stellte ich mich der Herausforderung des Rucksacks. Ich hatte ihn gerade geöffnet und setzte die oben liegenden Kleidungsstücke erbarmungslos den Widrigkeiten des Klimas aus, als Gott sei Dank ein Auto anhielt. Ein blauer Datsun-Kombi, ein Sunny oder Cherry oder so was: Nein, ich weiß, was es war: der Datsun-Retter. Ich lief zur Beifahrertür und öffnete sie.

»Wie weit fahren Sie?« fragte ich.

Der Fahrer blickte mich erstaunt an. »Ich parke bloß«, erwiderte er.

Oh. Ich ging beiseite, damit er sein Manöver ohne weitere Unterbrechung vollenden konnte. Vor ihm hatte ein anderes Auto angehalten, um zu parken. Ich stand wirklich am ungeeignetsten Platz. Ich kehrte zu meinem Gepäck am Straßenrand zurück. Das Auto weiter vorne hupte. Niedergeschlagen wühlte ich weiter nach meinem Regenzeug. Dann machte das Auto weiter vorne etwas sehr Seltsames. Es stieß zurück und hielt neben mir. Der Fahrer beugte sich herüber, kurbelte das Beifahrerfenster herunter und sagte: »Ich habe Sie heute morgen im Radio gehört. Ich dachte, Sie wären längst viel weiter.«

Nach einem Fehlstart hatte die Reise jetzt wirklich begonnen.

ONE NATION INDIVISIBLE • E PLURIBUS UNUM
USA 13c

Bill Bryson

Picknick mit Bären

Das Taxi setzte uns am Rockfish Gap ab, dem südlichen Tor zum Shenandoah National Park, dem letzten langen Wanderabschnitt, mit dem wir den ersten Teil unseres großen Abenteuers beschließen wollten. Wir hatten sechseinhalb Wochen für diesen ersten Ausflug angesetzt, und die waren jetzt bald rum. Ich brauchte dringend Urlaub – den brauchten wir weiß Gott beide – und hatte eine unbeschreibliche Sehnsucht nach meiner Familie. Trotzdem freute ich mich auf das, was ich mir als einen Höhepunkt unseres Unternehmens erwartete. Der Shenandoah National Park – 162 Kilometer von einem Ende bis zum anderen – ist berühmt für seine Schönheit, und ich wollte mich endlich einmal mit eigenen Augen davon überzeugen. Wir hatten immerhin einen weiten Weg zurückgelegt, um hierher zu kommen.

In Rockfish Gap befand sich ein mit Rangers besetztes Mauthäuschen, an dem Autofahrer Eintrittsgeld entrichten müssen; Wanderer brauchen sich nur eine Wandererlaubnis für das Gebiet zu besorgen. Die Bescheinigung ist kostenlos – eine der edelsten Traditionen des Appalachian Trail ist, daß alles umsonst ist –, aber man muß ein langes Formular ausfüllen, seine persönlichen Daten angeben, die geplante Route durch den Park, und wo man gedenkt jeden Abend zu kampieren (was ein bißchen absurd ist, weil man das Gelände noch nicht gesehen hat und nicht weiß, wie viele Kilometer man am Tag schaffen wird). An das Formular war ein Blatt mit den üblichen Vorschriften und Warnungen

 Aus dem Amerikanischen von Thomas Stegers

geheftet, Androhungen von schweren Strafen und sofortigem Verweis im Falle von – ach, eigentlich allem möglichen. Ich füllte das Formular so gut es ging aus und reichte es der Rangerin hinter dem Fensterchen.

»Sie wollen also den Trail entlangwandern«, stellte sie unvermutet scharfsinnig fest, nahm das Formular entgegen, ohne einen Blick darauf zu werfen, stempelte es routinemäßig ab und riß den Durchschlag ab, der als Erlaubnis dafür diente, den Grund und Boden zu betreten, der uns, theoretisch jedenfalls, sowieso gehörte.

»Wir wollen es zumindest versuchen«, sagte ich.

»Irgendwann muß ich auch mal in die Berge. Ich habe gehört, es soll wirklich sehr schön sein.«

Für einen Moment war ich fassungslos. »Sie sind den Trail noch nie gegangen?« Aber Sie sind doch ein Ranger, wollte ich ergänzen.

»Nein, leider nicht«, erwiderte sie wehmütig. »Ich habe mein ganzes Leben hier verbracht, aber dazu bin ich noch nicht gekommen. Eines Tages wird es soweit sein.«

Katz zerrte mich, aus Angst vor Beulahs Mann, praktisch hinter sich her, aber ich war neugierig geworden.

»Wie lange sind Sie schon Ranger?« fragte ich sie.

»Im August sind es zwölf Jahre«, sagte sie stolz.

»Sie sollten es mal mit dem Wandern probieren. Es ist wirklich schön.«

»Und Sie wären die Speckfalten an Ihrem Hintern los«, murmelte Katz in sich hinein und ging vor in den Wald. Ich sah ihm mit einiger Verwunderung hinterher. Diese Erbarmungslosigkeit sah Katz überhaupt nicht ähnlich, und ich schrieb sie dem Schlafentzug, tiefer sexueller Frustration und der Übersättigung mit Hardees Wurstsnacks zu.

Der Shenandoah National Park hat seine Probleme. Er leidet, noch viel stärker als der Park in den Smokies, unter chronischem Geldmangel, Zyniker würden sagen unter chronischem Mißmanagement mit den vorhandenen Mitteln. Einige kilometerlange Abschnitte des Trail sind gesperrt, andere vernachlässigt. Wenn die freiwilligen Helfer des Potomac Appalachian Trail Club nicht die Pflege von 80 Prozent der Wanderwege durch den Park übernommen hätten, wäre die Situation noch schlimmer. Mathews Arm Campground, eine der größten Freizeiteinrichtungen in dem Park, wurde 1993 wegen Geldmangel geschlossen und seitdem nicht wieder eröffnet. Viele andere Einrichtungen bleiben mehrere Monate im Jahr geschlossen. In den 80er Jahren waren sogar die Schutzhütten – die hier nicht *shelters,* sondern *huts* heißen – für einige Zeit dicht. Ich verstehe nicht, wie so etwas gehen soll – ich meine, wie kann man ein Holzhaus dichtmachen, dessen viereinhalb Meter breite Vorderseite offen ist? Und noch weniger verstehe ich den Grund, da ein Verbot für die Wanderer, sich nach einem stundenlangen Marsch auf einem Holzpodest schlafen zu legen, die Finanzen der Parkverwaltung wohl kaum entlasten wird. Aber Wanderern das Leben schwer zu machen hat Tradition in den Parks im Osten der Vereinigten Staaten. Ein paar Monate zuvor waren wegen einer Pattsituation im Haushaltsausschuß zwischen Präsident Clinton und dem Kongreß neben einigen untergeordneten staatlichen Behörden auch alle Nationalparks geschlossen worden. Aber für einen Wachdienst, der an jedem Zugang zum AT postiert wurde, um Wanderer mit Rucksack abzuwehren, kratzte die Shenandoah-Park-Verwaltung trotz chronischer Finanzkrise doch noch das nötige Geld zusammen. Folglich mußten ein paar Dutzend harmloser Leute umständliche, sinnlose Umwege über die Straße in Kauf nehmen, bevor sie ihre

Wanderung fortsetzen konnten. Diese übertriebene Vorsichtsmaßnahme hat die Parkverwaltung mindestens 20.000 Dollar gekostet, also etwa 1.000 Dollar pro abgewimmeltem gefährlichen Wanderer.

Außer mit diesen selbstverschuldeten Defiziten muß sich die Parkverwaltung von Shenandoah mit einer Reihe von Problemen herumschlagen, die von Faktoren herrühren, die außerhalb ihrer Kontrolle liegen. Der Park ist über 160 Kilometer lang, aber an keiner Stelle breiter als zwei, drei Kilometer. Die Folge ist, daß die Millionen Besucher, die Jahr für Jahr herkommen, sich in einem außerordentlich schmalen Korridor entlang des Gebirgsgrats drängeln müssen. Campingplätze, Besucherzentren, Parkplätze, Picknickzonen, der AT und der Skyline Drive – die Aussichtsstraße, die am Grat entlang verläuft –, alles liegt dicht nebeneinander, auf Tuchfühlung sozusagen. Eine der beliebtesten Wanderrouten im Park, die zum Old Rag Mountain hinauf, ist dermaßen gefragt, daß an Sommerwochenenden die Leute dort Schlange stehen.

Dazu kommt das beunruhigende Phänomen der Luftverschmutzung. Noch vor 30 Jahren konnte man an besonders klaren Tagen das 120 Kilometer entfernte Washington-Monument erkennen. Heute kann es passieren, daß die Sichtweite an Sommertagen, an denen Smog herrscht, gerade einmal 3.000 bis 4.000 Meter beträgt, und sie liegt nie mehr über 50 Kilometer. Der saure Regen in den Flüssen hat der Forelle den Garaus gemacht. Seit 1983 gibt es Schwammspinner, die hektargroße Bestände von Eichen und Walnußbäumen vernichtet haben. Der große Kiefernmarkkäfer hat an Nadelbäumen ein ähnliches Werk verrichtet, und der Robinienkäfer und die Miniermotte haben an Tausenden Robinien schwere, entstellende, aber gnädigerweise keine tödlichen Schäden angerichtet. Innerhalb von nur sieben

Jahren haben dagegen die Fichtengallenläuse an 90 Prozent des Schierlingsbestands im Park schweren Schaden angerichtet. Und wenn Sie das hier lesen, werden auch die restlichen zehn Prozent dahin sein. Eine unheilbare Pilzerkrankung, Anthraknose oder schwarzer Brenner genannt, ist dabei, die herrlichen Hartriegelsträucher auszurotten, nicht nur in Shenandoah, sondern überall in Amerika. Über kurz oder lang wird es den Hartriegel nicht mehr geben, ebenso wie die nordamerikanische Kastanie und die nordamerikanische Ulme. Kurzum, man kann sich kaum ein von Umweltproblemen stärker geplagtes Gebiet als den Shenandoah National Park vorstellen.

Trotzdem ist der Shenandoah National Park immer noch wunderschön. Er ist wahrscheinlich der schönste Nationalpark, den ich je gesehen habe, und dafür, daß so viele unglaubliche und widersprüchliche Anforderungen an ihn gestellt werden, ist er außerordentlich gut gepflegt. Er war von allen Parks, durch die der Appalachian Trail führt, mein Lieblingspark.

Wir wanderten durch dichte Wälder, über wunderbar bequemes Terrain, bei einem sanften Anstieg von 150 Meter auf einer Strecke von 6,5 Kilometern. In den Smokies kann es einem passieren, daß man 150 Meter auf, na ja, 150 Meter ansteigt. Das hier entsprach meinen Wünschen schon eher. Das Wetter war freundlich, und man spürte das Nahen des Frühlings. Überall pulsierte das Leben – Insekten summten, Eichhörnchen huschten über Äste, Vögel zwitscherten und hüpften in den Bäumen, Spinnweben glitzerten silbern im Sonnenlicht. Zweimal scheuchte ich Waldhühner auf, und jedesmal erschrak ich – es ist wie eine Explosion unter den Füßen, als würden aufgerollte Socken abgefeuert, gefolgt von flatternden Federn und empörtem Geschnattere. Ich sah eine Eule, die mich von einem dicken Ast aus seelenruhig beobachtete, und unzählige Rehe, die kurz ihre Köpfe reckten, wenn man vorbeiging, einen anstarrten, aber ansonsten zutraulich waren und weiterästen. Vor 60 Jahren gab es in dieser Gegend der Blue Ridge Mountains keine Rehe. Sie waren durch die Jagd ausgerottet worden. Bei der Gründung des Parks 1936 setzte man 13 Weißwedelhirsche aus, und da kein Mensch und nur wenige Raubtiere Jagd auf sie machten, vermehrten sie sich rasch. Heute gibt es 5.000 Hirsche in dem Park, und alle stammen von den ersten 13 Tieren ab, oder von anderen, die aus der Umgebung dazustießen.

Der Park ist reich an wildlebenden Tieren, wenn man bedenkt, wie bescheiden die Ausmaße sind und daß eigentlich kein richtiges Hinterland zur Verfügung steht. Rotluchse, Bären, Rot- und Graufüchse, Biber, Stinktiere, Waschbären, Flughörnchen und unsere Freunde, die Salamander, gibt es in großer Zahl, auch wenn man die Tiere nicht häufig zu Gesicht bekommt, da die meisten nachtaktiv oder menschenscheu sind. Shenandoah hat angeblich die größte Dichte an Schwarzbären auf der ganzen Welt – ein Bär auf etwa zweieinhalb Quadratkilometer. Es sollen auch Berglöwen gesichtet worden sein, darüber liegen Berichte vor, unter anderem von Parkrangern, die es eigentlich besser wissen müßten – denn den Berglöwen gibt es in den Wäldern im Osten der Vereinigten Staaten nachweislich seit über 70 Jahren nicht mehr. Es gibt sie höchstens noch in einigen Restgebieten der Wälder im hohen Norden – aber dazu später (Sie müssen sich noch etwas gedulden, doch ich denke, es lohnt sich) –, aber nicht in einem so schmalen und eingeengten Gebiet wie dem Shenandoah National Park.

Wir bekamen nichts Exotisches zu Gesicht, nicht im entferntesten, aber es war ganz hübsch, auch mal ganz normale Eichhörnchen und Rehe zu sehen, das Gefühl zu haben, daß der

Wald belebt ist. Am späten Nachmittag kam ich an eine Kurve, hinter der ich einen Truthahn mit seinen Küken entdeckte, die vor mir den Pfad kreuzten. Die Mutter war prächtig und unerschütterlich, ihre Küken stolperten unentwegt und kamen wieder auf die Beinchen und waren viel zu sehr mit sich selbst beschäftigt, um mich zu bemerken. So sollte es in einem Wald zugehen. Meine Freude hätte nicht größer sein können.

Wir wanderten bis fünf Uhr und campierten neben einem Bächlein auf einer kleinen, grasbewachsenen Lichtung zwischen Bäumen direkt neben dem Weg. Da es unser erster Tag nach der Pause war, hatten wir reichlich Vorrat, einschließlich verderblicher Ware wie Käse und Brot, die verspeist werden mußte, bevor sie schlecht oder in unseren Rucksäcken zu Krümeln zermalmt wurde. Wir schlemmten regelrecht, legten uns anschließend ins Gras, rauchten und plauderten, bis die vielen penetranten mückenartigen Tierchen – die unter AT-Wanderern allgemein nur die Unsichtbaren genannt werden, denn »man sieht sie nicht, man hört sie nur« – uns in die Zelte trieben. Es war bestes Wetter zum Schlafen, so kalt, daß man einen Schlafsack brauchte, aber warm genug, um in Unterwäsche zu schlafen. Ich hoffte auf eine lange, ausgiebige Nachtruhe und erfreute mich auch derselben, bis zu irgendeiner finsteren Stunde ein Geräusch in unmittelbarer Nähe zu hören war. Ich riß die Augen auf. Normalerweise kann mich nichts wecken, weder Donner noch Katz' Schnarchen oder sein geräuschvolles mitternächtliches Wasserlassen. Etwas so Lautes und Besonderes, daß ich davon aufwachte, mußte etwas höchst Ungewöhnliches sein. Man hörte, wie im Unterholz gewühlt wurde, das Knacken von Zweigen, offenbar ein schweres tapsiges Wesen, das sich durchs Laub schob, und dann ein lautes, leicht nervöses Schnüffeln.

Ein Bär!

Ich richtete mich kerzengerade auf. Jedes Neuron in meinem Gehirn war sofort hellwach und entfaltete hektische Betriebsamkeit, wie Ameisen, wenn man unversehens auf ihren Bau tritt. Ich wollte instinktiv nach meinem Messer greifen, aber dann fiel mir ein, daß ich es in meinem Rucksack gelassen hatte – draußen vor dem Zelt. An nächtliche Verteidigung hatten wir nach so vielen aufeinanderfolgenden Nächten beschaulicher Ruhe keinen Gedanken mehr verschwendet. Wieder hörte ich ein Geräusch, diesmal ganz nahe.

»Stephen? Bist du wach?« flüsterte ich.

»Ja«, antwortete er mit müder, unaufgeregter Stimme.

»Was war das gerade?«

»Woher soll ich das wissen?«

»Hörte sich nach einem großen Tier an.«

»Im Wald hört sich alles nach großen Tieren an.«

Das stimmte. Einmal war ein Stinktier durch unser Nachtlager spaziert, und es hatte sich angehört wie ein Dinosaurier. Wieder war ein lautes Rascheln zu vernehmen, und dann ein schlabberndes

Geräusch vom Bach her. Es trank Wasser, das unbekannte Wesen.

Ich rutschte auf Knien zum Zelteingang, öffnete vorsichtig den Reißverschluß und steckte den Kopf hinaus. Es war pechschwarze Nacht. So leise ich konnte, holte ich meinen Rucksack ins Zelt und suchte im Schein der Taschenlampe nach meinem Messer. Als ich es gefunden und die Klinge aufgeklappt hatte, war ich entsetzt. Das Messer war viel zu klein, einfach lächerlich. Es war ein solides Besteckmesser, bestens geeignet, um Butter auf einen Pfannkuchen zu streichen, aber völlig ungeeignet, um einen wütenden Pelz von mehreren Zentnern Lebendgewicht abzuwehren. Vorsichtig kroch ich aus dem Zelt und schaltete die Taschenlampe ein, die ein erbärmliches Licht warf. Das Wesen in vier bis fünf Meter Entfernung schaute zu mir auf. Ich konnte nichts erkennen, weder Umriß noch Größe, nur zwei leuchtende Augen. Es blieb still stehen und erwiderte meinen starren Blick.

»Stephen«, flüsterte ich, »hast du ein Messer eingepackt?«

»Nein.«

»Hast du irgendwas Scharfes dabei?«

Er überlegte einen Moment. »Meine Nagelschere.«

Ich war verzweifelt. »Nichts Gefährlicheres? Hier draußen ist nämlich wirklich irgendwas.«

»Wahrscheinlich bloß ein Stinktier.«

»Dann muß es aber ein Riesenstinktier sein. Die Augen sind einen Meter vom Boden entfernt.«

»Dann eben ein Reh.«

Ich warf dem Tier einen Zweig hin, aber es rührte sich nicht. Ein Reh wäre aufgeschreckt und davongelaufen. Das Wesen klimperte einmal mit den Augen und starrte mich weiter an.

Ich machte Meldung an Katz.

»Vielleicht ein Rehbock. Die sind nicht ganz so zahm. Schimpf doch mal mit ihm.«

Ich schimpfte mit zittriger Stimme. »He! Du da! Hau ab!« Das Geschöpf klimperte wieder mit den Augen, seltsam ungerührt. »Schimpf du mal«, sagte ich zu Katz.

»He, du blödes Vieh, geh weg. Los, geh!« imitierte Katz meine Stimme. »Hinweg, du scheußliche Kreatur!« Er war gnadenlos.

»Blödmann«, sagte ich und trug mein Zelt neben seins. Ich wußte selbst nicht, was ich damit bezweckte, aber es beruhigte mich ein klein wenig, ihm ein Stück näher zu sein.

»Was machst du da?«

»Ich verrücke mein Zelt.«

»Großartige Idee. Das macht das arme Tierchen bestimmt ganz konfus.«

Ich schaute angestrengt in die Finsternis, aber ich konnte auch auf die kurze Entfernung nichts erkennen außer zwei weit aufgerissenen Augen, wie in einem Comic. Ich konnte mich nicht entscheiden, ob ich lieber draußen bleiben wollte, um gleich zu sterben, oder lieber drinnen, um aufs Sterben zu warten. Eigentlich wollte ich nur, daß das Tier abhaute. Ich hob einen kleinen Stein auf und warf ihn nach dem Tier. Ich glaube, ich habe es sogar getroffen, denn es setzte lautstark zu einem Sprung an – was mich zu Tode erschreckte und mir ein Wimmern entlockte – und gab dann ein Geräusch von sich, kein richtiges Knurren, aber fast. Vielleicht sollte ich es lieber nicht provozieren.

»Was machst du da, Bryson? Laß das Tier in Ruhe, dann haut es von alleine ab.«

»Wie kannst du bloß so ruhig sein?«

»Was soll ich denn machen? Es reicht doch, wenn einer von uns beiden den Hysterischen spielt.«

»Entschuldige bitte, aber ich habe allen Grund, beunruhigt zu sein. Ich stehe hier mitten im dunklen Wald, Auge in Auge mit einem Bär, am Ende der Welt, zusammen mit einem Kerl, der nichts anderes zur Verteidigung dabei hat als eine Nagelschere. Sag mir eins, Katz: Wenn das hier ein Bär ist, und er geht auf dich los, was willst du dann machen – ihm die Fußnägel schneiden?«

»Ich laß' die Dinge auf mich zukommen«, sagte Katz unerschütterlich.

»Du willst das Ding hier auf dich zukommen lassen? Das Ding ist ein Bär, und es kommt nicht erst noch, es ist längst da, verfluchte Kacke. Es sieht uns an. Es riecht die Nudeln und die Snickers – ach, du schöne Scheiße!«

»Was ist?«

»Scheiße!«

»Was ist?«

»Es sind zwei. Ich kann ein zweites Augenpaar erkennen.« In dem Moment machte die Batterie der Taschenlampe schlapp. Das Licht flackerte, dann verlosch es ganz. Ich eilte in mein Zelt, stach mir dabei vor Aufregung in den Oberschenkel und begann eine hektische Suche nach Ersatzbatterien. Als Bär hätte ich mich genau jetzt, in diesem günstigen Moment auf meine Beute gestürzt.

»Ich leg' mich wieder schlafen«, verkündete Katz.

»Was redest du da? Du kannst doch jetzt nicht einfach schlafen.«

»Und ob ich das kann. Ich hab's oft genug getan.« Ich hörte, wie er auf die Seite rollte und dann eine Folge von Schnief- und Schnüffelgeräuschen von sich gab, ähnlich denen der Kreatur draußen am Bach.

»Stephen, du kannst jetzt nicht einschlafen«, verlangte ich von ihm. Aber er konnte es sehr wohl, und zwar erstaunlich schnell.

Das Tier – die Tiere – schlabberten munter weiter. Ich konnte keine Ersatzbatterien finden, warf die Taschenlampe hin und setzte die Stirnlampe auf, probierte, ob sie auch funktionierte, und schaltete sie wieder aus, um die Batterie zu schonen. Danach blieb ich stundenlang auf meinen Knien hocken, den Zelteingang fest im Visier, lauschte angestrengt, hielt in der einen Hand meinen Wanderstab wie einen Baseballschläger umklammert, bereit, bei einem Angriff zurückzuschlagen, in der anderen, als Verteidigung von der Flanke her, das geöffnete Klappmesser. Die Bären, die Tiere, was auch immer, tranken noch etwa 20 Minuten lang und verließen dann leise die Lichtung in der Richtung, aus der sie gekommen waren. Es war ein Augenblick der Freude, aber ich wußte aus meiner Lektüre einschlägiger Literatur, daß sie aller Wahrscheinlichkeit nach zurückkommen würden. Ich lauschte und lauschte, aber Stille senkte sich über den Wald, und es blieb ruhig.

Schließlich ließ ich meinen Wanderstab los und zog mir einen Pullover über, dabei hielt ich zweimal inne, um noch die winzigsten Geräusche zu identifizieren, fürchtete den Lärm, der einen zweiten Besuch ankündigte, und kroch nach sehr langer Zeit wieder in meinen Schlafsack, weil mir kalt wurde. Ich blieb lange wach liegen, starrte in die völlige Finsternis und wußte, daß ich nie wieder unbeschwert in einem Wald würde schlafen können.

Dann schlief ich unweigerlich allmählich doch ein.

EIIR
香港 HONG KONG
20¢
HONG KONG
30 JU

Marie Pohl

Maries Reise – Hanoi

Auf dem Flug nach Hongkong suche ich mir in meinem Reiseführer billige Hoteladressen heraus und gucke nach Restaurants, denn ich will in Hanoi einen jungen Koch finden.

Aber auf dem Flug von Hongkong nach Hanoi bringt mich mein Nachbar auf eine bessere Idee. Kurz vor der Landung fängt das Flugzeug so sehr an zu wackeln, daß ich denke: Marie, jetzt kommt das Ende. Mein Nachbar schüttet mir versehentlich sein Wasser über den Schoß. Er ist Insektenforscher, Vietnamese, lebt aber in Kanada. Er sagt, er mag Hanoi nicht, es ist laut, naß und »stinky«. Während das Flugzeug Achterbahn fährt, erzähle ich ihm stockend von meiner Reise, und als ich den endgültigen Absturz befürchte, erzählt er mir, Kaugummi kauend und entspannt, von illegalen Moped-Rennen, die nachts in Hanoi stattfinden. Die Rennfahrer sind genau in meinem Alter. »Und wo kann ich die finden?« frage ich, als wir endlich die Landebahn berühren und sogleich wieder abheben. »Sie fahren spät nachts um den Hoam-Kiem-See. Die Polizei versucht, das zu stoppen. Aber sie kriegen sie nicht.« Und mit seiner unerschütterlichen Ruhe fügt er hinzu, »du findest sie leicht. Die Rennfahrer sind überall.«

Nach einem weiteren heftigen Aufsetzen kommt das Flugzeug endlich zum Stillstand. Der Mann wünscht mir viel Glück, und wir verlieren uns im Koffergewusel.

Der Polizist hatte mir sehr davon abgeraten, einen Rennfahrer zu suchen. Abgesehen davon, daß die Rennen illegal seien und ich mich strafbar machen könne, solle ich mit diesen »egoistischen, gefährlichen, boshaften Kreaturen, die ganz Hanoi vergiften«, besser nichts zu tun haben. Sie rauchen Heroin, sind mit chinesischen Messern und Böllern bewaffnet, fahren zu zweit, zu dritt, zu viert auf einem Moped, verschwenden das Geld ihrer Eltern und fordern den Tod und nicht das Leben heraus. Der Polizist, der eine Zigarette nach der anderen rauchte und dabei, genau wie Hai, die Filter zerkaute, hat es sich zu seinem persönlichen Ziel gemacht, diese teuflische Spezies auszurotten. Er erzählte mir stolz, daß er letzte Woche 40 Rennfahrer verhaftet habe, und er würde sie »alle, alle einfangen«. Er kämpft auch dafür, daß sie strenger bestraft werden. Momentan bekommt ein Rennfahrer, der ohne Führerschein gefahren ist, bis zu 22 Monate Gefängnis, sein Beifahrer bis zu 12 Monate. Vy erklärte mir später, daß nur wenige Rennfahrer ihre Strafen absitzen müssen, weil sie meistens Söhne wohlhabender und einflußreicher Familien sind.

Ich hatte den Polizisten lange vor Vy kennengelernt, über Mr. Hoa, einen Geschäftsmann, der regelmäßig ins Golden Cox kam, die Backpacker- und Touristenkneipe von Hanoi. Er hatte mein Gespräch mit dem Barkeeper gehört. »Früher«, meinte der Barkeeper und mixte einen Singapur Sling für Mr. Hoa, »war alles anders. Die Polizei war nicht so streng, und die Rennfahrer fuhren vor Publikum um den Hoam-Kiem-See. Man konnte sie daran erkennen, daß sie weiße Tücher um den Kopf gebunden hatten, ein Zeichen dafür, daß sie den Tod nicht fürchteten. Aber heute, wo die Polizei überall Wachen aufstellt, ist es unmöglich, einen Rennfahrer zu finden.« Mr. Hoa fragte mich, warum ich einen Rennfahrer suche. Er trug einen weißen Anzug, schwärmte von Ho-Chi-Minh-Stadt und sagte, Hanoi und diese Rennfahrer, das sei alles viel zu provinziell. Er ist Chef einer Beratungsfirma in den zwei schicksten Hochhäusern der Stadt, den Hanoi Towers. Ich erzählte ihm von meiner Reise. Er reichte mir seine Visitenkarte und sagte, vielleicht könne er mir helfen.

Drei Tage später verabredeten wir uns in seinem Büro. Ein Rennfahrer sollte dort auf mich warten. Die Sekretärin führte mich in den Konferenzsaal. Ich fand drei ernste Gesichter vor: Einen besorgten Mr. Hoa, einen in Zivil gekleideten Polizisten und seinen kleinen Bruder, der ein einziges Mal an einem Rennen teilgenommen hatte und mit trauriger Miene schwor, es wäre der größte Fehler seines Lebens gewesen. Ich hatte Angst, daß mir der Polizist Schwierigkeiten machen würde, aber er blieb sehr freundlich, sprach mit tiefer Stimme, erwähnte immer wieder Heroin, chinesische Messer, tragische Todesfälle, Illegalität und sagte, ich solle lieber über tüchtige, strebsame Vietnamesen schreiben und mir die schönen Pagoden angucken. Währenddessen saß sein kleiner Bruder schweigsam am Tisch und pellte das goldene Papier einer Schachtel Vinataba-Zigaretten ab, bis nur noch die weiße Pappe übrigblieb, dann begann er die Schachtel langsam zu zerreißen. Am Ende des Gespräches reichte mir der Polizist seine Visitenkarte. Ich solle ihn anrufen, falls ich doch einem Moped-Rennfahrer begegnete. Dann wollte er noch wissen, ob ich verheiratet sei. Ich nickte und verließ das Gebäude.

Diese ernsten Worte machten mich nur noch neugieriger. Ich wollte wissen, wer diese Rennfahrer waren. Alle hatten sie gesehen, alle konnten mir Geschichten erzählen, alle meinten, sie seien überall zu finden, aber keiner konnte mir einen vorstellen. Vielleicht trauten sie mir, einer Ausländerin, nicht. Vielleicht schämten sie sich. Vielleicht hatten sie Angst vor der Polizei, wer weiß.

Das erste Rennen, das ich mit Vy erlebte, fand am Nachmittag statt. Ich saß hinter Vy auf seiner Honda Dream und genoß den Fahrtwind. Wir trieben im Verkehr, der lebhaft dahinfloß. Ich dachte, daß das Moped der einzige Ort ist, wo man in dieser von Menschen wimmelnden Stadt alleine ist. Mopedfahren ist hier wie spazierengehen.

Vys Rücken strahlte Ruhe aus, eine unerschütterliche, reglose, vollkommene Ruhe. Seit einer halben Stunde drehten wir immer wieder die gleiche Runde. Zwischen dem West-See und dem Truch-Bach-See entlang fuhren wir auf die Hung Voung Allee, vorbei an den Mauern des Präsidentenpalastes, vorbei am Ho-Chi-Minh-Mausoleum, bogen an der einsäuligen Pagoda ab und kamen über die Hoang Dieu Allee am Armee-Museum vorbei wieder zu den Seen zurück. Vy meinte, daß auf dieser Strecke gegen fünf Uhr nachmittags die Rennen stattfänden.

Aber es deutete nichts auf ein Rennen hin, ich sah nur den normalen, chaotischen, wilden Hanoi-Verkehr, der rings um uns toste. Neben uns fuhr eine Familie, vorne der Vater, in der Mitte die sechs übereinandergestapelten Kinder, dahinter die Mutter. Vor uns eine junge Frau, wie die meisten vietnamesischen Frauen trug sie ein dreieckiges Tuch ums Gesicht, das nur Augen und Kinnspitze freiließ, und lange Handschuhe, um die weiße Haut vor Staub und Sonne zu schützen. Hinter uns hupte ein Arbeiter mit dunkler, narbiger Haut und Armeehelm. Ein Fahrrad, das mit Luftballons und bunten Bällen beladen war, wackelte an ihm vorbei. Ein Bauer, der auf seinem Moped eine Holzkiste mit gelben, quiekenden Küken transportierte, kam direkt auf uns zu.

Vy unterhielt sich mit Hoan. Tuan hörte zu, sagte aber nichts. Die beiden fuhren neben uns auf Hoans Suzuki. Von dem silbrigen West-See stieg Dunst auf. Es war stickig, schwül. Die Luft hing schwer wie nasse Wäsche.

Die Ampel wurde rot. Wir blieben in der vierten Reihe stehen. Vor uns, hinter uns, überall erblickte ich fremde Jungs, alle etwa in meinem Alter. Sie waren wie aus dem Nichts aufgetaucht, saßen zu zweit, zu dritt, zu viert auf einem Moped, die Fahrer sahen geradeaus, die Hinterfahrer ließen cool die langen dünnen Arme schlackern. Sie wechselten kein Wort miteinander, es gab kein Zeichen, kein Zunicken, nichts. Vy streckte den Rücken. Die Ampel schaltete auf Grün. Donner.

Die Mopeds brüllen auf, und das Rennen beginnt. Plötzlich. Mitten am Tag. Die Leute erschrecken, versuchen auszuweichen, die Rennfahrer schlängeln sich durch den dichten Verkehr. Wer als Erster die leere Straße vor sich hat, kann voll aufdrehen. Vy ist der Slalomkönig, vorbei an den Familien, vorbei an den vermummten Frauen, vorbei an den beladenen Fahrrädern und in wenigen Sekunden sind wir die Ersten, neben uns eine schwarze Suzuki, der Fahrer, die Sonnenbrille im Nacken, versucht uns zu überholen, Vy fährt schneller und schneller, 80, 90, 100, wir schneiden durch die schwüle Luft wie ein schnelles Messer, ich halte mich an Vy fest, schließe die Augen, eine Kurve, ich spüre den Boden dicht an meinem Fuß, ich öffne die Augen, der Typ mit der Sonnenbrille liegt knapp vor uns. Vorsicht! Ein Mädchen schiebt ahnungslos ihr Fahrrad über die Straße, auf den Gepäckträger hat sie ein großes Stück Eis gebunden. Vy zieht den Lenker scharf nach links, der Typ auf der Suzuki jetzt hinter uns, Vy wechselt die Route, fährt auf die Nguyen Thai Hoc zu, hinter uns kreischen die anderen Mopeds, wo sind Hoan und Tuan? Die schwarze Suzuki fliegt an uns vorbei, wir hinterher, vorbei am Lenin-Park, vorbei an der iranischen Botschaft mit dem spitzen

Dach, vorbei am Vietnam-Korea-Freundschafts-Hospital, jetzt droht eine Honda Rebel, ein Typ mit Baseball-Kappe, wir liegen genau zwischen ihm und der Suzuki, Vy erhöht auf 110, mehr gibt die Honda Dream nicht her, vorbei an einem Haus, das auf Holzstäben gebaut wurde, vorbei an der Japanischen Botschaft, die wie ein Raumschiff aussieht, Staub peitscht mein Gesicht, ich suche Schutz hinter Vys Rücken, wieder spüre ich eine Kurve, den heißen Boden an meinem Knöchel, ich blicke auf, sehe die Honda Rebel einen Meter vor uns, Laternen sausen vorbei, Bushaltestellen, Betonklötze, die Vy gestern als »International Buildings« bezeichnete, mitten auf der Spur pennt ein Rikscha Fahrer, mein Bein streift beinahe seinen Wagen, vorbei am Bahnhof, wo nachts die Transvestiten stehen, vorbei am Fischministerium, vorbei am dunklen Glasbunker der US-Botschaft, Vy liegt vorn, doch da, an der Ecke, ein Polizist – die Polizei ist der wahre Feind, jetzt heißt es, schneller als die Polizei zu sein. Die Ampel wird rot. Vy schiebt das Bike mit seinen Füßen an den stehenden Mopeds vorbei, dicht hinter uns der Polizist, der geschickt das gleiche tut, Vy ist schon in der ersten Reihe, grün, und wups und um die Eck, wo sind die anderen Rennfahrer?, und wups und um die Ecke, und wups und wups und wups und um die Ecke, in einer kleinen Gasse läßt Vy das Tempo auslaufen, bis wir vor einem Suppenstand anhalten, Vy absteigt, eine Schale Suppe kauft, und sein Gesicht eintaucht, während der Polizist vorbeibraust.

Das ganze Rennen dauert etwa fünf Minuten. Jeden Tag das gleiche Spiel, du fährst und fährst und plötzlich stehst du in einer Reihe von Jungs und dir ist klar, daß sie ein Rennen fahren werden, du spürst es in der Luft wie ein Gewitter, sie kennen einander nicht, sie haben keinen festen Treffpunkt, es gibt auch keine Preise, sie stehen zufällig an der gleichen Ampel und wollen Rennen fahren, und sie fahren so lange Rennen, bis die Polizei auftaucht, dann verschwinden sie in irgendwelchen Gassen so plötzlich, wie sie erschienen sind. Wer sich nicht erwischen läßt, hat gewonnen.

ONACH DEUTSCHLAND

Andreas Altmann

34 Tage / 33 Nächte

Fünfundzwanzigster Juni

Um halb sechs wieder auf der Straße. Um halb acht in Müden, der erste Pump scheitert. Jemand öffnet sein Café und schickt mich weiter zum nächsten Laden. Das kennt man, die Großzügigkeit delegieren, um andere antreten zu lassen. Um neun tipple ich durch Hatzenport, beim Winzerhof Gietzen *(Bed & Bike)* steht die Tür offen, und der unglaubliche Satz *Welcome Friends* leuchtet am Eingang. In dem Wort Freund steckt ja freundlich, und so sind sie hier. Eine Küchenangestellte kommt und kommt wieder mit zwei üppig belegten Doppelschnitten und einer Flasche Wasser.

Viele Kilometer lang bin ich in Sicherheit, da neben der Weinstraße ein Radweg verläuft. Blick über den Fluß auf paradiesisch gelegene Campingplätze, die breiten Caravans, die breiten Vorzelte, die breiten Autos, die breiten Yachten und Boote. Ich habe wohl zu lange in der Dritten Welt verbracht, um mich je an den Reichtum in meinem Land zu gewöhnen. Er überwältigt mich jedes Mal neu. Und nervt. Schon aus ästhetischen Gründen, vor allem. Zudem produziert er ein so unfrohes Lebensgefühl. Weil er dumpf macht und raffsüchtig. Und er nervt, weil er feiste Männer dazu verführt, »vom wirtschaftlichen Untergang« zu schwadronieren. Winseln als Erkennungsmelodie. Oscar Wilde schrieb einmal: »Unmoralische Frauen bringen uns um den Schlaf. Moralische bringen uns zum Einschlafen. Das ist der einzige Unterschied zwischen ihnen.« Nicht anders beim unaufhörlich »guten Leben«, es schläfert ein. Weil immer Sattsein kein romantisches Lebensgefühl provoziert. Kein Wunder, daß die Verdummungsmafia uns einreden will, daß jeder nasse Furz im Wind nach Aufregung und Atemlosigkeit riecht.

Ich schalte das Radio ein und höre zwei Stunden lang keinen Satz, der meinen Geist nährt. (Den klugen Deutschlandfunk bekomme ich nicht rein.) Zwischen den letzten Hits ist Platz für das Geblödel hohlköpfiger Moderatoren. Man fragt sich, wie es die menschliche Rasse je zum Homo habilis geschafft hat. Wächst die Redaktion über sich hinaus, veranstaltet sie *phone-ins,* Kostprobe: Ingeborg ruft an und beschwert sich, daß ihr »Herbert immer Schatzi zu mir sagt, aber Schatzi ist doch eine Mischung aus Schaf und Ziege, oder?« Einer singt »bitte, sei gut zu mir«, welch irrwitziges Ansinnen, wie gut sein zu jemanden, der die Welt mit solchen Zeilen heimsucht. Einen Millimeter daneben spricht Arnold Schwarzenegger englisch, er spricht es wie einer, der mit dem Kopf voraus in einem Misthaufen steckt. Irgendwann redet er deutsch, es klingt nicht besser. Auf dem nächsten Millimeter kommt Britney Spears zu Wort, sie meldet, daß sie nun doch keine Jungfrau mehr sei. Herr im Himmel, womit habe ich das verdient? Auf AFN spricht der Herr Militärpfarrer über Ehrlichkeit, er zitiert einen Vietnamveteranen, einen Piloten, der noch heute darunter leidet, daß er bei der Anzahl der Vietcong, die er abgeknallt hat, immer übertrieb. Die ergreifende Botschaft des Gottesmannes: Morde und bleibe ehrlich.

Ich muß kämpfen, nichts zündet mich heute an. Auch Wandern kann stumpfsinnig sein. Müßte ich mich zu einer Rechtfertigung meines Tuns aufschwingen, ich wüßte nicht, wie. Über Hitchcocks Dreharbeiten gibt es eine Anekdote, die von einem Hauptdarsteller berichtet, der mitten in einem Kuß innehielt und dem Regisseur zurief: »Sag an, Meister, was ist die Motivation dieser Szene?« Und Hitchcock zum Megaphon griff und kaltblütig antwortete: » *Your salary*«, Ihre Gage. Genau wie jetzt. Nur noch der Gedanke an den Vertrag und das bereits kassierte Geld motivieren.

Ich sammle Frustbeule um Frustbeule. Ich sehe ein anmutiges Paar auf einem *Chopper* vorbeifahren, einem erfinderisch umgebauten Motorrad. Sie sitzt hinten und schlingt ihre nackten Arme um ihn. Ich wäre jetzt auch gern der Mann mit dem Helm und spürte den Fahrtwind um mein verliebtes Herz brausen.

In Winningen gehe ich an einem öffentlichen Schwimmbad vorbei und höre die fröhlichen Schreie der Kinder. Ich höre sie unter Tränen, da mir die Hitze augenblicklich das Salz in die Augen treibt. Ich würde jetzt auch lieber vor Fröhlichkeit schreien. Aber ich fluche. Denn das Geld fehlt, die Badehose, selbst das Handtuch.

Einen Kilometer später klingle ich an einer Haustür und bitte über die Sprechanlage um etwas zu trinken. Und eine Sexbombe, brasilienbraun und im Bikini, reicht ein Glas Eistee. Karin L. steht vor mir. Während ich das Glas hinunterschütte und versuche, meinen Blick zu disziplinieren, öffnet jemand im ersten Stock ein Fenster. Das muß Olaf L. sein, sein Name steht auch auf der Klingel. Sicher will er wissen, wo die Schöne bleibt.

Ein Scheißtag. Ich möchte auch gern Motorradfahren und schwimmen und diese Frau in meiner Nähe wissen. Aber ich spüre keinen Fahrtwind, schwitze wie eine Muttersau vor ihrem Fangschuß und muß mitansehen, wie Karin eiligen Schritts zu

Olaf zurückkehrt. Als ich von der Schönen weghinke, wird mir einmal mehr klar, daß Armsein ein greulicher Zustand ist. Da er ununterbrochen dazu zwingt, sich ums nackte Überleben zu kümmern. Keine Zeit bleibt für Weltwachheit, für Sinnenfreude, für Eros. Ich, der Armselige, muß permanent dahinter her sein, daß ein Mindestmaß an Kalorien eintrifft und ein Mindestmaß an Kilometern zurückgelegt wird. Bin ich abends am Ziel, bin ich tot. Kein Gramm Energie und kein Gramm Geld bleiben für ein zweites Leben. Wie baden, wie lesen, wie schmusen, wie tanzen, wie ein Abendessen mit Freunden.

Um halb fünf in Koblenz. Am Bahnhof betrete ich eine Rolltreppe. Das ist gegen die Abmachung mit dem Verleger, denn jeden Meter soll ich zu Fuß gehen. Aber ich bin zu schwach, um mir das Wunderwerk entgehen zu lassen. Anders als *Crocodile Dundee* habe ich vor dem Leben im Wald die Zivilisation kennengelernt. Lässig stelle ich mich drauf. Um ein Haar hätte ich geheult.

In der Bahnhofsmission gibt es einen Kaffee und den Schlüssel zum Klo. Ich erfahre, daß gelegentlich der Bundesgrenzschutz vorbeischaut, um die Grenzen Deutschlands vor den Pennern zu schützen. Ab 17 Uhr werden drei Tramps bewirtet, mit belegten Broten und Leitungswasser. Mehr haben sie hier nicht. Ich erfahre noch einen Nachteil der Armut: die häufige Abwesenheit von Geist. Geld kann unter Umständen dafür sorgen, daß die Wörter *denken* und *leben* aufeinander treffen. Via Reisen, via Büchern, via Lernen. Ohne Geld nicht. Meine zwei Kollegen haben sich schon vor längerer Zeit von jeder geistigen Anstrengung verabschiedet. Einer trägt eine wollene Pudelmütze, »weil es zu heiß ist«, der andere läßt wissen, daß er nicht zulassen wird, »daß der Kopf über dem Magen sitzt«. Wo er den Kopf gerne sitzen hätte, könne er heute nicht sagen.

Ich darf im Obdachlosenheim anrufen, leider voll. Ich mache mich auf den Weg in die Stadt, einen Schlafplatz suchen. Ich finde nichts. Dafür finde ich Jan. Auch ein Penner, er sattelt gerade sein Fahrrad mit sechsundzwanzig Tüten und Taschen. Ein delikates Unterfangen. Wie das Fahrrad und das viele Gerümpel zueinanderbringen? Wieder umschichten, das Fundament neu legen, mehr Gepäck nach vorne auf die Lenkstange verlagern, niemals eine Tüte im Stich lassen. Jan ist lieb und zynisch, er spricht hochdeutsch, sagt, daß er zurzeit genau das Quantum von Wärme bekomme, das er brauche. Er redet von der Sonne, nicht von seinen Zeitgenossen. Mehrmals ist der 62-Jährige angegriffen worden, verbal und tätlich. Warum? »Ach, weißt du, ein paar halten so viel Freiheit nicht aus.« Er meint seine Freiheit, sie würde manch rastlosen Unfreien irritieren.

Ob Jan als Vorbild taugt? Inzwischen habe ich begriffen, daß sich auch Penner ihr Leben zurechtlügen. Jan, der Philosoph, hat irgendwo recht. Im Schweiße seines Angesichts arbeiten, um anschließend den Lohn des Schweißes in Plunder anzulegen, das ist ein sonderbarer Umgang mit der Zeit, die uns auf Erden gegeben ist. Freilich, als der Mahner Richtung Supermarkt, Richtung Alkohol aufbricht, will er nicht einsehen, daß fünf Liter Bier saufen pro Tag auch nicht Ausdruck eines grandiosen Lebensentwurfs ist.

Ich will nicht saufen, ich muß essen. Um 18.59 Uhr überkommt mich eine brauchbare Idee. Ich betrete eine Bäckerei, in sechzig Sekunden wird der Laden geschlossen, sprich, morgen ist ein neuer Tag, morgen muß alles frisch sein. Also übergibt mir die Bäckerin sechs Ladenhüter. Mit einer Tüte Backwaren stehe ich um 19 Uhr wieder in der Fußgängerzone. Zusammen mit einem (wieder einmal) letzten Euro bin ich ein gemachter Mann. Ich suche den billigsten Kaffee in der Umgebung und lasse mich nieder. Meine Moral erholt sich, ich darf mich nicht beschweren.

Zweiter Versuch, einen Platz für die Nacht zu finden. Ich streife durch die (spärlichen) Grünanlagen im Zentrum, bleibe immer nur kurz vor einer denkbaren Unterkunft stehen, will keine Aufmerksamkeit erregen. Denn auch Kurzsichtige ahnen, warum ein abgerissener Typ mit einem solchen Blick unterwegs ist. Der Ort darf nicht zu feucht, zu dreckig, zu laut und, vor allem anderem, nicht einsehbar sein. Landstreicherei ist verboten. Zudem braucht niemand zu wissen, wo man seine Habseligkeiten abstellt. Es ist verdammt wenig, aber das Wenige ist verdammt wichtig.

Nach über zwei Stunden finde ich was. Ich muß mehrmals zum Sprung ansetzen, denn durch die leere Casinostraße kommen plötzlich wieder Leute. Irgendwann bin ich allein, ich werfe den Rucksack auf die andere Seite und schwinge mich über den Zaun. In einen verwilderten Garten, schräg gegenüber den »Bundeskegelbahnen« und einem Geschäft mit »Wohlfühl-Matratzen«. Ich fühle mich neben einer Fichte wohl. Nur einmal muß ich mich klein machen, jemand sperrt das Tor auf, stellt sein Auto ab und verschwindet wieder. Ich luge zum Gartenzaun, Männer und Frauen gehen vorüber, vier von ihnen umschlingen und küssen sich. Ich beobachte sie wie ein Flüchtling, beneide ihre Freiheit.

ЧЕЛОВЕК СТРАНЫ СОВЕТОВ
12-IV
СССР
АНТАРКТИДА ВОСТОК

Suzanne Possehl

Spione in der Diamantenmine

Anflug über ein piniengrünes Wäldermeer. Keine Berge, keine Flüsse, nur der Streifen des Horizonts und das bläuliche Glitzern eines gefrorenen Sees, der wie ein Auge blinzelt und sich fragt, warum jemand so weit herauskommt. Unten durchschneidet eine einsame staubige Straße die dichte Taiga. Der Pilot folgt ihr nach Norden, als hätte er Angst, sich zu verirren.

Seit zwei Monaten habe ich mich immer weiter von der Zivilisation fortbewegt. Der Gedanke an Hotels mit Strom und warmem Wasser ist zu einem fernen Traum geworden. Ich habe entdeckt, daß ein Päckchen löslicher Kaffee in einer Flasche Mineralwasser ein schaumiges Getränk ergibt – Gulag-Cappuccino.

Ich könnte jetzt einen vertragen, während diese klapprige AN-24 sich nach Mirny hinabstürzt, der nördlichsten, abgeschiedensten sibirischen Stadt meiner Marathonreise und, Gott sei Dank, der vorletzten Etappe, bevor ich nach Hause zurückkehre. Mittlerweile – und das geht vermutlich jedem Reisenden so, der mehr als eine Woche im russischen Outback verbringt – habe ich schon zuviel Wodka getrunken und fange an zu halluzinieren. Ich sehe dampfende Duschkabinen, blubbernde Badewannen, sogar meine eigene zerkratzte Wanne in Montreal mit den Muscheln, die ich an diversen Stränden gesammelt habe, und den Zierkakteen, der einzigen Lebensform, die meine langen Abwesenheiten überlebt.

So mondgrau, industriell und kraterhaft kommt mir Mirny wie die Kulisse für eine sowjetische Folge von *Star Trek* vor. Gleich

 Aus dem Amerikanischen von Kirsten Köhler

neben dem Flughafen klafft eine kilometerbreite Diamantenmine, die sich wie ein umgedrehter Vulkan in die Erde schraubt. Die rechteckigen, aus derselben Legokiste zusammengesetzten, zehnstöckigen Wohnhäuser ruhen auf Pfeilern über dem Dauerfrost. In der Mitte der quadratischen Stadt, thront auf einem Granitblock ein meterhoher Kopf von Lenin. Fünfzig Jahre alt und inmitten eines der weltweit ergiebigsten Diamantenfördergebiete gelegen, war sie einst das bestgehütete Geheimnis der Sowjetunion. Es ist eine der wenigen Ecken auf der Welt, die vom Tourismus noch völlig unerschlossen sind. Das macht Mirny für mich zu einem absoluten Muß.

Doch zunächst möchte ich diesen transsibirischen Schmutz loswerden. Eine lächelnde, herausgeputzte Hotelangestellte hinter einem hell erleuchteten Tresen gibt mir den Schlüssel, und ich renne die drei Stockwerke zu meinem Zimmer hinauf, lasse meinen Rucksack auf die hübschen Kacheln im Badezimmer fallen und drehe den Heißwasserhahn auf.

Je wichtiger in der guten alten Sowjetunion die strategische Lage einer sibirischen Stadt war, desto größer sind heutzutage die Chancen, daß es dort warmes Wasser oder Elektrizität gibt. In Mirny, merke ich schnell, gibt es beides, was jedoch aus dem Kaltwasserhahn kommt, hat ebenfalls kochendheiße, für ein Bad völlig unbrauchbare fünfundsechzig Grad! Erschrocken darüber, unter welch extrem strenger Geheimhaltung dieser Ort einmal gestanden haben muß, ziehe ich mich wieder an, schnappe mir mein Notizbuch und gehe nach draußen.

Als zweitgrößte Stadt der Republik Jakutien bietet sich Mirny (39.000 Einwohner) sauber und ordentlich dar; im Vergleich zu den anderen sibirischen Städten, die ich vor kurzem besichtigt habe, ist sie ein Paradies der Tundra. Trotz ihrer eintönigen Fassade hält die Stadt eine große Anzahl von Freizeitangeboten bereit. Da gibt es den Markt, der seine winterfeste Schutzhülle mit kirgisischen Melonen, neuseeländischen Kiwis und koreanischen Sandalen sprengt. Die Stadt besitzt auch zwei Diamantenmuseen mit Modellen der weiterverarbeitenden Fabriken der Umgebung und Plastiknachbildungen der weltgrößten *almazy*, einige von ihnen faustgroß und aus den örtlichen Gruben stammend.

Ich bin dort an diesem Nachmittag einer von zwei Gästen und stelle der Museumsführerin viele Fragen. Sie antwortet dankbar und blickt flüchtig zu dem anderen Besucher hinüber, einem schweigenden stämmigen Mann mit dunklem Haar und braunen Augen, der etwa zur gleichen Zeit wie ich hereingekommen ist und mir nun nach draußen folgt.

»Ziemlich interessant«, spreche ich ihn an.

»Was machen Sie als nächstes?« fragt er.

Gute Frage. Ich bitte ihn, mir einen Tip zu geben. Wo ich schon mal den weiten Weg hierhergekommen bin, möchte ich mehr als nur Modelle und Plastiknachahmungen sehen. Serozha nennt seinen Namen und schlägt vor, zum Zentralgebäude der Firma hinüberzugehen, die für den Diamantenabbau und die Weiterverarbeitung zuständig ist. Noch so ein langweiliges Legohaus. Serozha wartet draußen, während ich in der Hoffnung hineingehe, jemanden zu finden, der eine schnuckelige Besichtigungstour durch die Diamantenfabrik arrangiert.

Der bewaffnete Wächter schickt mich geradewegs zum Chef des Sicherheitsdienstes, im allgemeinen ein Ex-KGBler, der den Absprung vom sinkenden Sowjetschiff geschafft hat. In Erwartung eines Goldzähne fletschenden Bären, bin ich überrascht von einem Fünfunddreißigjährigen in Khakihosen und Button-Down-

Hemd begrüßt zu werden. Er hat strubbeliges blondes Haar und trägt eine Brille mit Goldrand.

»Wie kann ich Ihnen helfen?« fragt er und legt sein Mobiltelefon beiseite.

Ich ziehe meinen Lonely-Planet-Rußlandführer hervor und schiebe ihn über den hochglanzpolierten, mit Schnitzereien verzierten italienischen Schreibtisch. Er blättert den Führer durch.

»Mirny fehlt in dem Buch. Ich würde es gern mit reinnehmen«, beginne ich meinen auf Russisch einstudierten Text. »Haben Sie schon einmal darüber nachgedacht, daß Tourismus der Stadt guttun könnte?«

»Was möchten Sie sehen?«

»Alles.«

Er nickt und greift zu seinem Telefon. Üblicherweise läuft es so ab, daß ich heute eine Stunde warte, morgen noch ein paar Stunden, nur um am Ende zu erfahren, daß mein Wunsch, etwas zu besichtigen – eine Nerzfarm, einen Wodkahersteller, eine Konservenfabrik für Kaviar – abgelehnt wurde. Doch drei Minuten später sitzen wir in einem Wagen mit Chauffeur und rauschen durch die Stadt.

Von außen ist die Fabrik für Diamantensortierung unauffällig und sieht genauso aus wie alle anderen Gebäude. Wir gehen durch Dreifachtüren, einen Metalldetektor. Alex warnt mich, vorsichtig zu sein, wenn ich die Diamanten in die Hand nehme, sonst könnte ich am Ausgang eine Ganzkörperuntersuchung und einen Einlauf verpaßt bekommen. Anscheinend schlucken die richtigen Desperados sie hinunter.

Wir kommen an einem trübsinnig dreinschauenden englischen Professor im Wartezimmer vorbei, aber Alex läßt mich nicht mit ihm sprechen. Er scheucht mich einen kahlen weißen

Flur entlang und in einen Raum hinein, in dem Frauen mit Laborkitteln an Mikroskopen sitzen. In den Ecken des Labors befinden sich Kameras, und ich vermute, daß es noch weitere versteckte gibt. Ehe ich mich versehe, läßt Alex einen Diamanten, so groß wie eine Bärenleber, in meine schweißnasse Hand plumpsen. Ich persönlich gebe nichts auf teure Juwelen, aber allein die Möglichkeit, einer könnte in meiner Anwesenheit verschwinden, macht mich nervös.

»Den hier haben wir letzte Woche gefunden«, sagt er und wirft 150 Karat in die Höhe. »Er ist etwa eine Million Dollar wert. Und diese Diamanten ebenfalls.« Er gibt mir ein Tablett mit mehrfarbigen, unterschiedlich geformten Steinen von der Größe eines Gummiballs.

Dann erklärt er mir das komplizierte Sicherheitssystem, die Codes, die Wachssiegel. Dies ist einer der seltenen Augenblicke, in denen man genau das sieht, wofür man hergekommen ist. Hier stehen Alex – charmant, westliches Auftreten, zweifellos ein ehemaliger Spionjäger, heute mit gutbezahltem Job in der Privatindustrie – und ich, Bürgerin des früheren Feindeslandes. Wir spielen mit Diamanten herum, lachen, erzählen uns Geschichten über die Zeiten, in denen die Anwesenheit eines Amerikaners an so einem Ort eine internationale Krise heraufbeschworen hätte. Alles ändert sich und ich bin dabei, erlebe es mit. Siebzig Jahre sibirischer Geheimhaltung schmelzen unter unseren Füßen dahin.

Wir gehen zurück ins Wartezimmer. Der Professor ist fort und Alex holt Papier und Stift aus seiner Aktentasche.

»Also, was brauchen Sie noch?«

Carte blanche, denke ich und spüre, der Gott der Reisenden ist mit mir. Er notiert den Ablauf. Heute sehe ich mir die Diamantenfabrik an, morgen gehen wir hinunter in die Minen. Am

Tag darauf fahre ich nach Norden, über den Polarkreis, um Anabar und Udachny zu besichtigen, Orte, über die zu schreiben ich nie zu träumen gewagt hätte. Dies ist ein Staatsstreich für Lonely Planet, sage ich mir, als wir auseinandergehen.

Wieder im Hotel teilt mir die Angestellte fröhlich mit, daß das Problem mit dem kalten Wasser behoben sei, aber ehe ich nach oben laufen kann, fügt sie hinzu, daß ein kleiner Mann mit braunem Haar nach mir gefragt hätte.

»Er?« frage ich, als ich Serozha entdecke.

»Hi, wie geht's?«

»Ein toller Tag«, antworte ich.

»Was haben Sie gemacht?«

Die Frage kommt mir komisch vor. So neugierig die Russen auch sein können, eine derartige Dreistigkeit legen sie normalerweise nicht an den Tag.

»Sie haben die Diamanten gesehen. Und nun wollen Sie nach Anabar?«

Einen Moment lang stehe ich entgeistert da. Würde dieser Serozha ein glitzerndes Kopftuch und Goldringe tragen, wäre ich vielleicht überzeugt, er hätte übernatürliche Kräfte. Aber er ist nur ein untersetzter Sibirier mit einer Militärarmbanduhr.

»Ich würde Ihnen davon abraten«, fügt er mit schmeichelnder Stimme hinzu.

»Warum?«

Er zuckt die Schultern und geht davon.

Am Abend, nachdem ich mir ein wenig von Mirnys Nachtleben zu Gemüte geführt habe (Bier und gegrillter Fisch in einer Autoraststätte), bin ich reif für das langersehnte Bad. Das Wasser strömt dampfend und reichlich aus dem Hahn. Das heiße Bad ist wie eine Erlösung, und alle staubigen Dörfer, schreienden

Babuschkas und betrunkenen Psychopathen, die ich auf dieser Reise getroffen habe, sind nun weit, weit fort. Doch plötzlich dringt ein gar nicht so fernes Klopfen an mein Ohr. Der Etagenkellner sagt: »Sie ist in ihrem Zimmer.«

Das Klopfen wird lauter. Ich klettere aus der Wanne und greife nach einem Handtuch. Es ist so groß wie eine Fußmatte. Meine Kleider auf dem Boden sind klitschnaß.

»Moment noch!« rufe ich, schlüpfe in die Klamotten von letzter Woche aus meinem Rucksack und öffne die Tür.

Ein Russe mittleren Alters kommt in einem kurzärmeligen aufgeknöpften Hemd herein, das seine Brust entblößt, die wesentlich behaarter ist als sein Kopf. Er behauptet, bei der Polizei zu sein und fragt, ob das blonde Mädchen, das ihn begleitet, Platz nehmen darf.

Ich räume den Stuhl für sie frei, setze mich aufs Bett und versuche, meine Haare mit dem Kissenbezug trocken zu reiben. Als nächstes werde ich gebeten, etwas zu unterschreiben, was man auf Russisch ein *protokol* nennt. Es ist im wesentlichen ein Geständnis, nur daß ich nicht darüber aufgeklärt werde, wessen ich angeklagt bin. Ich könnte zwar fragen, aber mein Gefühl sagt mir, daß ich lieber nicht diskutieren, sondern diesen barbrüstigen Suffkopf so schnell wie möglich aus meinem Zimmer schaffen sollte.

»Ich kann nicht unterschreiben«, platze ich heraus. »Ich muß dafür erst eine Erlaubnis einholen.«

Für einen Moment senkt er seinen blutunterlaufenen Blick, dann atmet er mir Wodka ins Gesicht und sagt: »Aber ich dachte, Amerika ist ein freies Land, wo jeder frei entscheiden kann!«

»Da sind sie falsch informiert«, antworte ich schnell. »Sie in Rußland sind es, die wirklich frei sind.«

Das gefällt ihm. Wir fangen an, über seine Stadt zu plaudern, die, wie ich ihm sage, wirklich bemerkenswert sei, eine der interessantesten, in denen ich gewesen bin. Dann frage ich ihn nach seinem Namen. Das ist vermutlich ein Fehler. Er erinnert sich an das *protokol*.

»Nein, wirklich, ich darf das nicht unterschreiben.«

»Okay«, antwortet er. »Dann nehme ich nur Ihren Reisepaß.«

Ich schüttele den Kopf. »Den können Sie nicht haben. Er ist Eigentum der amerikanischen Regierung.«

Irgendwie tut er mir leid. Er versucht bloß, seinen Job zu machen, auch wenn er ein wenig betrunken ist.

»Hören Sie«, sage ich. »Gehen Sie nach Hause. Ich werde morgen früh zum Polizeipräsidium kommen.«

Als ich die Tür hinter ihm schließe, sehe ich draußen auf dem Platz noch einen weiteren Glatzkopf, in diesem Fall Lenin, der im Mondlicht glänzt.

In jeder anderen Stadt würde ich meinen Rucksack packen und verschwinden. Aber ich bin mitten in der Tundra, mehr als 5000 Kilometer von Moskau entfernt. Ein Anruf beim Sicherheitsdienst von Mirnys Flughafen mit seinen zwei Gates und vier Flügen pro Tag und die Polizei würde mir den einzigen Fluchtweg versperren. Es bleibt mir nichts anderes übrig, als mich auf dem Präsidium zu melden.

Am nächsten Morgen bin ich bei Tagesanbruch unten und rufe die Vermittlung an, um mir Alex' Nummer geben zu lassen. Daraufhin klingele ich jeden Alex Almazow in Mirny aus dem Bett. Nicht zu glauben, aber es gibt tatsächlich acht von ihnen.

Nachdem sie eine Weile mitgehört hat, meldet sich die Hotelangestellte.

»Sie suchen Alexander Sergejewitsch?« fragt sie, wobei sie

sein Patronymikon benutzt. »Sein Zimmer liegt direkt unter Ihrem.«

Ich mache mir über diesen seltsamen Zufall keine Gedanken, sondern renne die Treppe hinauf und hämmere gegen seine Tür. Verschlafen, noch im Pyjama, die Brille schief auf der Nase, hört er sich die Geschichte von meinem nächtlichen Besucher an.

»Betrunken, ohne Uniform, mitten in der Nacht! Ohne, daß man ihn gerufen hat! Sie müssen auf jeden Fall eine Beschwerde vorbringen.«

In wunderschönem Bürokratisch verfaßt er ein saftiges Schreiben über polizeiliches Fehlverhalten und bittet mich, es zu unterschreiben.

Ich nehme den Stift und frage nervös: »Sind Sie erst vor kurzem nach Mirny gezogen?«

»Ja, warum?«

»Weil Sie im Hotel wohnen.« Ich denke, ich muß ihn nicht daran erinnern, daß es vor nicht allzu langer Zeit eine gängige KGB-Methode war, Agenten in Hotels gleich neben den Leuten einzuquartieren, die sie ausspionierten.

»Ach, die Firma hat noch keine Wohnung für mich gefunden«, antwortet er gähnend.

»Sie formulieren wie ein Anwalt. Waren Sie einer, bevor Sie hierherkamen?«

Ich gebe zu, daß es eine bescheuerte Frage ist, aber ich muß unbedingt mehr über diesen Typen wissen.

Er lacht und erzählt mir, er habe in Moskau das Staatliche Institut für Internationale Beziehungen besucht. Ich bin mißtrauisch: das ist eine Eliteschule, auf der Diplomaten zu Spionen und Spione zu Diplomaten ausgebildet werden.

»Kennen Sie diesen Serozha, der mich verfolgt hat?«

»Serozha! Sie meinen diesen Grasaffen mit dem fettigen braunen Haar? Er ist bloß ein KGB-Major.«

»Bloß?« frage ich mich insgeheim.

»Das kommt gleich mit in die Beschwerde. Eine Touristin, die nach Mirny kommt, sollte nicht vom KGB beschattet werden. Das ist doch absurd!«

Ein leichter Schauer läuft mir über den Rücken, während Alex den Brief vervollständigt.

»Ich würde mit dieser Beschwerde zum Bürgermeister gehen. Er ist dafür verantwortlich, die ausführenden Organe aufeinander abzustimmen. Er wird den Polizeichef anrufen, und wenn Sie zum Präsidium hinübergehen, wird sich alles aufklären. Dieser Bulle und Serozha bekommen beide einen Verweis.«

Die Stadtverwaltung befindet sich gegenüber dem Hotel. Während ich den Platz überquere, wird mir klar, daß schon zu viele Menschen in die Sache verwickelt sind. Alles, worum ich mich bemühe, ist, ein oder zwei Seiten für einen Reiseführer zu schreiben. Das sollte nicht gleich die Polizei, den KGB und nun auch noch den Bürgermeister auf den Plan rufen.

Als ich am silbrigen Haupt des geköpften Lenin vorbeigehe, frage ich mich, wer hier eigentlich verantwortlich ist – sollte es überhaupt irgend jemand sein. Der Bürgermeister ist nicht in der Stadt. Ich treffe auf seinen Stellvertreter, dem fast die Augen aus dem Kopf fallen, als er die Beschwerde liest.

»Das wird sich alles aufklären«, wiederholt er.

Seine Hand zittert, als er einen eleganten Kugelschreiber und ein Album zu Mirnys fünfzigstem Geburtstag hervorholt. Er kritzelt seine besten Wünsche für meinen Besuch in der »Stadt des Friedens« (denn das bedeutet Mirny auf Russisch) hinein, schenkt mir das Buch und bringt mich zur Tür.

»Wissen Sie, früher war Mirny der wohl sicherste Ort in ganz Rußland. Wegen der Diamanten vermutete der ansässige KGB hinter jeder Ecke einen Spion. Sie wären verhaftet worden, noch ehe Sie das Flugzeug verlassen hätten. Aber das ist vorbei. Wir freuen uns, daß Sie hier sind.«

Dann fügt er hinzu: »Lassen Sie sich lieber von Alex begleiten, wenn Sie zum Präsidium gehen. Für alle Fälle.«

Ich bitte ihn um seine Karte. »Sind Sie die nächste Stunde unter dieser Nummer zu erreichen, *für alle Fälle*?«

»Ja, ja«, antwortet er und schließt die Tür hinter mir.

Zu Alex' Büro sind es zwei Blocks. Auf dem Weg dahin kommt es mir plötzlich so vor, als sei ich in ein kafkaeskes Fangspiel geraten, bei dem sich Mirnys Genossen meine schwindende Hoffnung, etwas über ihre Diamantenstadt zu Papier zu bringen, wie einen Ball zuwerfen, nur um dann schnell wieder zu verschwinden.

Geduscht und rasiert, mit seinem Mobiltelefon hantierend, ruft Alex hinter seinem Schreibtisch hervor: »Suzannoschka, was machen Sie denn hier?«

»Der Bürgermeister war nicht da.«

»War er nicht?«

»Aber ich habe mit seinem Stellvertreter gesprochen, und er sagt, Sie sollen mit mir zum Präsidium kommen.«

Alex brabbelt irgend etwas ins Telefon und legt es hin.

»Unsinn. Hier, Juri kann mit Ihnen gehen.« Er deutet auf einen schwerfälligen Mann, der bestimmt auf den Spitznamen Scarface hört.

Scarface grunzt.

»Bis später. Wir haben mittags einen Termin für die Minen, also seien Sie rechtzeitig zurück«, ruft Alex uns nach.

Scarface und ich steigen in den fensterlosen Laderaum eines Lieferwagens ein. Während wir im Dunkeln hin und her geschleudert werden, kommt mir der Gedanke, daß all diese Leute dem Leben im hohen Norden Tribut zollen. Sie benehmen sich wie Figuren aus einer Geschichte von Dostojewski, der zufälligerweise hier in die Nähe verbannt wurde, in eine Stadt, die nach einem anderen Schriftsteller und Unruhestifter des neunzehnten Jahrhunderts benannt ist, Tschernischewski.

Juri öffnet die Schiebetür, und wir klettern aus dem Wagen. Der Hof des Polizeipräsidiums ist von Mauern gesäumt, auf dem Parkplatz stehen blaue Einsatzwagen in einer Reihe und mittendrin ein Holzgebäude, das arg nach Feuerfalle aussieht. Juri schüttelt den Männern, an denen wir vorbeigehen, die Hand; als würden sie sich gegenseitig dazu gratulieren, daß ihnen jemand lebend ins Netz gegangen ist.

Um Punkt 9 Uhr werde ich in ein Zimmer von der Größe eines Wandschranks geführt. Eingezwängt hinter einem hölzernen Schulpult sitzt eine dicke Frau in einer viel zu engen Uniform. Sie sieht bösartiger aus als der betrunkene Polizist letzte Nacht und erwartet mich mit einem weiteren *protokol*, welches bestätigen soll, daß ich das erste nicht unterschrieben habe. Kein Zweifel, daß ihr jemand befohlen hat, um jeden Preis an meine Unterschrift zu gelangen.

Ich weiß nicht, warum ihnen meine Unterschrift so viel bedeutet, aber aus der Ahnung heraus, mein krakeliger Friedrich Wilhelm könnte mich schnurstracks in den Gulag befördern, weigere ich mich erneut, das Papier zu unterschreiben.

»Holt die Zeugen rein«, kreischt sie.

Herein schlurfen zwei russische »Zeugen«; der eine ist wahrscheinlich keine Achtzehn, und die andere eine flatterhafte Frau in den Dreißigern, die absolut keinen Schimmer hat, was hier vor sich geht, und mir, als sie bemerkt, daß ich Ausländerin bin, ihre Adresse gibt, um mich freudestrahlend zu sich nach Hause einzuladen.

Das Verhör beginnt. Die Polizistin beschuldigt mich, vor drei Tagen in Mirny angekommen zu sein (was nicht stimmt), mich geweigert zu haben, der Hotelangestellten meinen Paß zu zeigen (sie hat nie danach gefragt) und Mirny nicht in meinem Paß aufgeführt zu haben. Das stimmt immerhin, aber ich erinnere sie daran, daß ein Tourist nach russischem Gesetz nicht mehr jede Stadt anführen muß.

»Wir sind hier in Jakutien«, blafft sie.

»So weit ich weiß, ist Jakutien eine Republik Rußlands, wo es also nach der russischen Verfassung ...«

»Ha! Welche Verfassung?« schnaubt sie verächtlich.

Was sie kann, kann ich erst recht. Ich tue so, als würde das Polizeipräsidium von Mirny nicht existieren. Als ich mich zum Gehen umdrehe, höre ich, wie sie zu den wachhabenden Polizisten sagt: »Laßt sie nicht raus!«

Jetzt bekomme ich es mit der Angst zu tun. Da ich nicht viel zu verlieren habe, verlasse ich einfach das Zimmer, überzeugt, daß Juris ausgestreckter Arm mir den Weg versperren wird. Niemand folgt mir.

Schnell wird mir klar, daß Weglaufen es nur noch schlimmer machen würde. Außerdem, selbst wenn ich hinaus käme, müßte ich immer noch am Sicherheitspersonal vorbei, um ins Flugzeug zu steigen.

Ich schlüpfe in ein ruhiges Büro im ersten Stock, das im vorderen Teil des Gebäudes liegt und in dem eine einfach gekleidete Frau am Schreibtisch sitzt.

So gelassen wie möglich frage ich: »Dürfte ich die Tür schließen und das Telefon benutzen?«

»Bitte sehr«, sagt sie.

Bei Alex ist besetzt. Ich krame die Karte des stellvertretenden Bürgermeisters hervor. Seine Sekretärin sagt, er könne nicht ans Telefon kommen. Ich atme tief durch und sage mit fester Stimme: »Hören Sie, ich bin auf der Polizeiwache. Die wollen mich nicht gehen lassen. Sie versuchen, mich zu verhaften.«

»Um Himmelswillen!« schreit sie. »Warum haben Sie das nicht gleich gesagt?! Ich werde ihn holen. Warten Sie.«

Sofort ist der Stellvertreter am Apparat. »Was ist los?«

»Die Polizei wirft mir vor, illegal in die Republik eingereist zu sein, ohne gültiges Visum.«

»Der Polizeichef ...«

»Ist nicht da.«

Für einen Augenblick herrscht Schweigen, auf den Holzdielen des Ganges höre ich polternde Schritte.

»Was macht Alex?«

»Ich weiß es nicht. Er ist nicht mitgekommen.«

»Ich habe Ihnen doch gesagt ... Wo sind Sie jetzt?«

»Ich verstecke mich bei einer Frau im Büro.«

»Bleiben Sie dort. Es wird sofort jemand kommen.«

Ich lege auf und bedanke mich bei der Frau, die so tut, als habe sie kein Wort mitbekommen. Meine Lage ist aussichtslos. Ich bin sieben Zeitzonen von der amerikanischen Botschaft entfernt. Das Telefon ist für Ferngespräche gesperrt. Sie könnten mich einlochen und es würden Wochen ins Land ziehen bis es zu Hause irgend jemand merkt.

Meine letzten freien Minuten auskostend, stelle ich mich nah ans Fenster, blättere durch mein Notizbuch und streiche alles aus, was man mir zur Last legen könnte: die Beschreibung der Freude, die ich vor ein paar Wochen an den schwarzen Stränden von Kamtschatka hatte, als ich vor den Augen der Rettungsschwimmer mit ihren extra-starken Ferngläsern nackt im kalten Pazifik badete; den Nachmittag, an dem ich einen hochrangigen Militär überredet habe, mir eine Führung durch die Raketenbasis von Sachalin zu geben. Ich bin eine Menge Risiken eingegangen, um Dinge zu sehen, zu machen, zu beschreiben. Vielleicht war nach Mirny zu kommen eines zuviel.

Als heißes Wasser aus dem Hahn strömte, hätte ich wissen müssen, daß etwas nicht stimmt. Im Museum biedert sich mir ein Mann an. Es stellt sich heraus, daß er vom KGB ist. Mit Alex sehe ich mir die Diamanten an; er gibt mir carte blanche. Am selben Abend platzt ein betrunkener Polizist in mein Zimmer und schwingt ein *protokol*. Ich bitte den Bürgermeister um Hilfe. Sein Stellvertreter schickt mich zum Polizeichef. Der Polizeichef ist nicht im Haus und irgend so eine verrücktgewordene Polizistin läßt mich nicht mehr gehen. Nun halte ich am Fenster nach »jemandem« Ausschau. Wer wird es sein – Lenin mit angeschweißtem Kopf?

Gerade als ich soweit bin, den Tag zu bereuen, an dem ich einen Reisepaß beantragt habe, höre ich unten Reifen quietschen und ein Auto im Schotter stoppen. Türen fliegen auf. Sekunden später höre ich Stimmen im Treppenhaus. Eine Tür fällt zu, und alles ist wieder still.

Ich komme aus meinem Versteck. Scarface Juri steht vor der Tür. Wahrscheinlich hatte er die ganze Zeit dort gestanden. Ich frage ihn, was los ist.

»Eine Besprechung mit dem Polizeichef.«

»Ich dachte, der Polizeichef sei nicht in der Stadt.«

»Er ist wieder da«, murmelt Juri mit einem Nicken in Richtung des Raumes, in dem über mein Schicksal entschieden wird.

Die Tür ist dick gepolstert. Als ich versuche zu lauschen, geht sie auf. Ich werde in ein Zimmer geführt, in dem ein großer Fernseher in der Ecke steht. Ein Basketballspiel läuft, der Ton ist abgestellt. Ein Mann mit kräftigem Kiefer und dünnem hellem Haar erteilt dem Polizeichef Befehle. Ehe ich Zeit habe, mich zu setzen, beginnt er, mich mit Fragen zu bombardieren. Auch wenn er das Wort *spionka* nicht ausspricht, ist es sonnenklar, daß er davon ausgeht, eine gefaßt zu haben.

»Sie sind hier einfach aufgetaucht, keine Ahnung, wie Sie das geschafft haben. Sie waren in Kamtschatka, auf Sachalin, in Wladiwostok – alles hochsensible Gebiete. Sie haben keine Papiere, keine Erlaubnis. Warum sind Sie hergekommen? Wer hat Sie geschickt?«

Ich sage ihm, daß ich für Lonely Planet schreibe; er sieht mich an, als käme ich vom Mars.

Der Polizeichef, der hinter einem schweren Schreibtisch mit Blick auf den Fernseher sitzt, fängt an, laut aus einem Dokument vorzulesen. Ich denke, daß es nun an der Zeit ist, jemanden zu bitten, sich mit der Versicherung in Verbindung zu setzen, die Lonely-Planet-Schreiber aus solch verzwickten Situationen befreien soll, und versuche ihn zu unterbrechen. Seine Stimme dröhnt weiter. Ich drehe mich um und will mir das Spiel ansehen, aber mein Herz hüpft wie der Ball.

»Also«, sagt der Polizeichef und blickt endlich zu mir hoch. »Nach einem Erlaß des Präsidenten ...«

Er meint Nikolajew, den Präsidenten von Jakutien.

Mein einziger Einspruch – nämlich der, daß etwas mehr über Jakutien in unserem Reiseführer der Republik nützen könnte –

kommt nicht so gut an. Ich werfe Alex einen Blick zu. Wie er hier hergekommen ist, weiß ich nicht, aber er ist die ganze Zeit über still gewesen und immer blasser geworden.

Ich male mir schon das nächste halbe Jahr oder länger in einer frostigen Gefängniszelle aus, als das Telefon klingelt. Es ist ein besonderes Klingeln, eine nervöse Folge kurzer schriller Töne, was normalerweise bedeutet, daß der Anruf von außerhalb kommt.

Der Polizeichef nimmt den Hörer ab. Er lauscht aufmerksam, dann legt er auf und brüllt gegen die Wand nach einem Wagen. Ich habe keine Ahnung, was hier vor sich geht, aber der KGB-Boß ist auf einmal am Fluchen und Alex schließt seine Aktentasche.

Der Polizeichef steht auf. Sein Mund bewegt sich, aber die Worte, die ich höre, passen einfach nicht mit dem Satz zusammen, den ich erwartet habe. Was er sagt ist: »Tut mir leid.«

Mit einem Nicken Richtung KGB-Boß, fordert er mich auf, Jakutien unverzüglich zu verlassen. Dem stimme ich ohne weiteres zu. In zwei Stunden geht ein Flug nach Moskau, und ich wäre liebend gern mit an Bord.

Es gibt noch ein paar Fragen, die ich gern stellen würde, aber weil ich nicht klingen möchte, als würde ich mit ihrer Entscheidung, mich *aus* Sibirien zu verbannen, hadern, danke ich dem Polizeichef und rase die Treppen hinunter.

Auf dem Parkplatz holt Alex mich ein. »Also, was meinen Sie, sollen wir uns jetzt die Minen ansehen?«

Ich starre ihn an. Das soll wohl ein Witz sein.

»Oder reicht es Ihnen für heute?« fragt er und blickt traurig durch seine schmutzigen Brillengläser.

»Allerdings«, antworte ich und atme tief durch. Die ganze Zeit über habe ich mich gefühlt, als würde man mich unter Wasser drücken. Das ergibt doch alles keinen Sinn. Ich gebe es auf, eine logische Erklärung zu suchen.

Auf dem Weg zum Flughafen bemüht sich Alex schuldbewußt um eine Erklärung.

»Wissen Sie, wenn Sie doch nur nicht gesagt hätten, Sie schreiben für einen Reiseführer ... Das glaubt Ihnen hier kein Mensch! Sogar ich dachte, was für eine lausige Tarnung – ich meine, wer will schon als Tourist nach Mirny? Nächstes Mal behaupten Sie einfach, Sie seien jemand von der Uni. Die haben wir hier oft.«

FEB
7
1979
MCM ANTARCT
Folk
USA
13c

Colin Fletcher

Liste der Ausrüstungsgegenstände

1 Gallone = 3,78 l 1 pint = 473 ml 1 Meile = 1,608 km

	Gramm
Wanderstock	400
Rucksack	1.640
Bekleidung	
Bergschuhe (italienisch)	2.600
Netzhemd	255
Tuch	30
kleiner Schal	30
2 Paar Socken	200
Ersatzhemd	255
Schlafsack (Typ Mumie)	2.570
Mokassins	525
Handtuch	60
Kordhosen	890
Shorts	85
Wollpullover	990
Poncho	550
Küchenutensilien	
wasserfeste Streichhölzer	30
Frischhaltefolie	30

 Aus dem Amerikanischen von Arnd Kösling

	Gramm
3 Feldflaschen (je 1/2 Gallone)	1.100
rostfreier Stahlbecher	85
Margarine-Behälter (inkl. 115 g Margarine)	170
2 ineinander steckbare Kochtöpfe	570
Büchsenöffner	3
feststehendes Messer mit Scheide	170
Löffe	160
Gabel (später weggeworfen)	30
Salz- und Pfeffer-Behälter	60
Zuckerbehälter aus Plastik (inkl. 465 g Zucker)	525
Spülmittel in Plastikbehälter (später geändert)	60

Proviant (Wochenration, alle Angaben brutto)

3 Päckchen Trockensuppe	85
3 Päckchen Trockenobst	690
1 Päckchen Trockengemüse	225
3 Päckchen Trockenkartoffeln	690
1 Päckchen Trockenmilch	310
Teebeutel (ca. 20)	60
1 Karton Frühstücksflocken	465
3 Stangen Pfefferminzcremeschokolade	550
3 Fladen Pemmikan	340
Rosinen	465

Fotoausrüstung etc.

Fernglas, 6 x 30	400
Fotoapparat Super Baldax, 2 1/4 x 2 1/4	930
Fotoapparat Super Regent, 35 mm	745
K2-Filter in Hülle	60

	Gramm
Objektivpinsel	30
6 Schwarzweißfilme, 120er	200
6 Farbfilme, 135er	255
Belichtungsmesser	170
Kamerastativ	400

Diverses

Kompaß	140
Erste-Hilfe-Päckchen gegen Schlangenbisse	30
Streichholzbriefchen (je 6 Stück)	30
Reserveschnürsenkel für die Stiefel (Nylon)	30
Nylonschnur (10 m)	60
Reservebrille (samt 2 Taschenlampenbirnchen in Hülle)	115
Toilettenartikel	400
Toilettenpapier	200
Schreibzeug	340
Taschenbuch	170
Anti-Mücken-Lotion	60
Stiefelwachs	60
Salztabletten (in Fläschchen)	60
Schleifstein	85
Erste-Hilfe-Päckchen	85
Brieftasche	170
Taschenlampe mit Batterien	140
Summe	23.218

Zusätzliche Gebirgsausrüstung

Zelt, Stangen, Heringe	1.390
Parka	635

	Gramm
lange Unterhosen	255
dickes Wollhemd	465
Wollmütze	85
Wollhandschuhe	115
Angelzeug	170
Fliegenrolle	200
Fliegenrute	115
Behälter für Fliegenrute (Aluminium)	255
dicke Wollsocken	140
dicker Wollschal	140
Spinnrolle	255
Gaskocher mit Abdeckung	525
Gasflasche	115
Summe zusätzliche Gebirgsausrüstung	4.860
Summe gesamte Ausrüstung (ohne Wasser)	28.078

Weitere literarische und extreme Lesetrips aus unserem Programm:

Ralf Chudoba / Michael Zöllner

ENDLOSER SOMMER

Ein literarischer Surftrip
216 Seiten, zahlr. Abb., broschiert
€ 12,80 (D) / € 13,20 (A) / sFr 23,40
ISBN 3-932170-40-7

In *Endloser Sommer* finden zum ersten Mal die großen Abenteurer und Autoren der Weltliteratur zusammen, um die Legenden und Geschichten des Surfens zu erzählen.

Von den Mythen der Ureinwohner Hawaiis, bis zu der ersten Beschreibung des Wellenreitens durch den Seefahrer *Captain Cook*. Von den Tagebüchern der nachfolgenden Missionare, die das Surfen als eitles Laster verdammten, bis zu den Briefen des Draufgängers *Mark Twain*, in denen er seine ersten Surfversuche beschreibt. Von der Hymne, mit der sich *Jack London* für den »königlichen Sport« einsetzte, bis zu den Tips und Tricks des legendären hawaiischen Surfers *Duke Kahanamoku*. Von der Beschreibung einer lokalen Klatschkolumne, wie *Wernher von Braun* das Surfen erlernt, bis zu *Tom Wolfe*, der sich über die Surfkultur und -sprache amerikanischer Teenager ausläßt. Und von der Popularisierung zum Massensport durch das Surfgirl Gidget, bis zur zeitgenössischen Literatur eines *Kem Nunn* und *Allan C. Weisbecker*.

Dieses Lesebuch hält einen gebannt inmitten der Wellen eines nie zu Ende gehenden, endlosen Sommers, ob man nun aktiv surft oder nicht. Für diejenigen, die es lernen wollen, gibt es im Anhang eine kleine Einführung und ein Lexikon der Surfsprache.

Ulf Müller / Michael Zöllner

DER HASCHISCH-CLUB

Ein literarischer Drogentrip
224 Seiten, zahlr. Abb., broschiert
€ 12,80 (D) / € 13,20 (A) / sFr 22,50
ISBN 3-932170-57-1

Im *Haschisch-Club* treffen sich die großen Schriftsteller und Forschernaturen der Weltliteratur und erzählen von ihren ambivalenten Rauscherfahrungen, mit denen sie das gesellschaftliche Bild der Drogen prägten.

Von *Marco Polos* Schilderung des Geheimbunds der Assassinen oder Haschischi, die sich vor ihren Morden mit Drogen berauschten, hin zu *Charles Baudelaires* Entlarvung des Haschischrausches als künstliches Paradies. Von *Fitz Hugh Ludlows* mitreißenden Aufzeichnungen über seine einsamen Haschischesser-Experimente, hin zu *Walter Benjamins* euphorischen Erfahrungen mit dieser Droge in den Hafenkneipen von Marseille. Von *Mark Twains* wahnwitziger Idee, Kokapflanzer zu werden, hin zu *Sigmund Freuds* durch ein schlechtes Gewissen angetriebenen Sinneswandel gegenüber dem weißen Pulver. Von *Aldous Huxleys* wegweisenden Beobachtungen im Meskalinrausch hin zu den Expeditionsberichten *Henri Michauxs* aus diesem Reich. Von *Albert Hofmanns* Schilderung des weltweit ersten LSD-Trips während einer Fahrradfahrt bis zur heutigen Drogenkultur, geprägt durch Autoren wie *William S. Burroughs, Timothy Leary, Anaïs Nin, Ernst Jünger und Tom Wolfe.*

Ulf Müller / Michael Zöllner

REBEL YELL

Ein literarisches Rebellencamp
256 Seiten, zahlr. Abb., broschiert
€ 12,80 (D) / € 13,20 (A) / sFr 22,50
ISBN 3-932170-69-5

»Ich empöre mich, also sind wir«, schreibt *Albert Camus*, für den sich in der Rebellion eine der wesentlichen Dimensionen des Menschen offenbart: die Überwindung der eigenen Sprachlosigkeit angesichts gesellschaftlicher Repression. Oftmals waren es Schriftsteller, die als erste aufgeschrien und Stellung bezogen haben, wenn sie den Raum der individuellen Freiheit bedroht sahen.

In *Rebel Yell* kommen die wichtigsten Autoren des 20. Jahrhunderts zur Sprache, die sich in Wort und Tat den scheinbaren Selbstverständlichkeiten unserer modernen Welt widersetzt haben. So unterschiedlich die politischen Standpunkte sind, halten die versammelten Polemiken und Geschichten durchgehend den Moment des Aufschreis fest, der mal ohrenbetäubend laut und festentschlossen ist wie bei *Jack London* und *André Malraux*, mal leise und verhalten wie bei *Che Guevara* und *Bruce Chatwin*, mal voll subversivem Spott wie bei *William S. Burroughs* und *Henry Miller*, mal kämpferisch und leidenschaftlich wie bei *Ulrike Marie Meinhof* und *Pier Paolo Pasolini*, mal schrill und überdreht wie bei *Antonin Artaud* und *Allen Ginsberg*, mal geknebelt wie bei *Ernst Jünger* oder stumm wie bei *Sylvia Plath*.